我結束了與兒子的戀愛關係

아들과의 연애를 끝내기로 했다

金秀炅——著　黃筱筠——譯

特別企劃

INTERVIEW

台北 ——→ 首爾

金秀旻 作者專訪

因為我也必須成長，懷抱夢想……

獨立這件事情，並非靠自己解決一切。

◎這本書出版後，您與兒子之間的戀愛關係有變化嗎？出版以後，至今心境上是否有什麼不同？

嗯……心變了，才能真的改變，但是出版以後我又再次體會到，啊！要我跟他分開真的很難。原來，對子女的愛和媽媽的心是不會變的，不是說了「今天開始分開」，轉過身以後，心就會跟著一起離開。不過，把我的故事公諸於世後，確實會覺得自己必須承擔一些責任，所以我常常告訴自己，孩子已經長大了，絕對不要再去做一些乞討他的愛之類的事。

◎透過與兒子之間的依存關係，您似乎對女人與父母、老公之間的關係有新的發現。尤其您身為出版社總編輯，想請您分享對於「獨立」的看法，並請您對二十～五十歲等不同年齡層的女性一些話。

這本書的書名是《我結束了與兒子的戀愛關係》，很容易讓人以為都是在談論兒子，但它其實是關於兒女的故事，包括我的孩子、我的父母和家人。

寫書時，我發現自己以前好像太想當一個獨立自強的人。應該說我是一個什麼都要親手做才會安心的人吧？即使有個人高馬大的老公，即使面對永遠站在同一陣線的父母，我也總是只想讓他們看到我能幹的一面。就這樣，我的責任越來越重，而且還是由我親手把責任往身上攬的。明明可以請別人幫忙，只要拜託別人一起分擔，他們一定會欣然答應，真搞不懂我為什麼總想獨自解決。

這樣的個性也完全反應在工作上，還在雜誌社上班的時期，我是公司最常加班和熬夜工作的人，像遊民一樣蓋著報紙睡覺是常有的事。現在回想起來，獨立並不是靠自己解決一切；比起獨自逞強把事情做好，請家人、同事和公司幫忙、共同承擔，幸福快樂地生活——這似乎才是真正的獨立。

感同身受的妳，是否也放聲痛哭呢？

◎寫完這本書以後，您印象最深刻的讀者反應是？

哈哈哈！某個讀者看完我的書，在自己的 instagram 上寫下：

「喔！這位作家讚喔！讀了好爽快！」

大家都說書裡的內容很像在說自己。我笑了好久。因為坦率地在書中釋放了我的情緒，所以大部分的讀者都覺得很爽快。

我在書裡罵人，而且什麼話都敢說，因此讀者會有這樣的反應也是很自然的。除此之外，也許是因為身為某個人的妻子、某個孩子的媽媽、某個家的媳婦……生活中累積了太多情緒，才會有這種感受吧？女人的生活，充滿了各種忍耐，由我替大家罵出來，似乎讓讀者們得到了替代滿足。

對了！看完這本書，也有很多讀者覺得對不起爸爸媽媽。書裡有一段寫到：「對爸爸媽媽來說，我也是他們的掌上明珠，然而我滿腦子只有兒子，為了當他的好媽媽，把自己都給抛到了腦後。」很多人說這一段讓她們哭得很慘。

◎您有沒有休假的計畫？兒子長大成人以後，真的有專屬自己的休閒時間嗎？

我覺得最近就是我人生的休假，因為原本像侍奉國王一樣為他獻上食物的兒子，現在已經入伍當軍人大叔了；老公則是在其他地方的大學教課，我們一個禮拜有一半以上的時間都是分開的，平常只有婆婆跟我兩個人。

兩個男人不在以後，幾乎沒有什麼家事要做，變得非常自由。而且我理直氣壯地跟婆婆和老公說過，兒子當兵的期間，我要當一個自由自在的人。他們都同意，說要讓我放假。

其實我也想過要到濟州島找間小房子，自己一個人生活，並且寫寫文章、擬定人生計畫。但是因為公司的關係，所以只能選擇放棄。取而代之，我常一個人去旅行，愛怎麼睡就怎麼睡，好幾天都不做家事。

在我還是個年輕媽媽時，這些事情我根本想都不敢想；但是等到孩子長大，離開媽媽的懷抱之後，這些事也就不無可能了。

請妳們也抱著期待，那一天很快就會到來的。

辛苦的妳，不要放棄，抱持夢想。

◎身為出版社的總編輯和書籍作者，您對於女性持續在職場上工作有什麼想法呢？您是否為職場工作設定了退休的年齡？如果有，請問您想過退休後要怎麼生活嗎？

我二十五歲結婚，二十九歲當媽媽。結婚的同時，我離開了原本的雜誌社，開始當自由撰稿者，我認為想要兼顧工作和家庭生活，那是最好的方法。當時我沒有什麼適合寫作的地方，所以早上都會帶著稿紙和筆到茶店去，泡在那裡工作。當時我每天夢想著：「如果我有一個可以擺放小桌子和咖啡機的空間，那該有多好？」

之後，我又開始工作，以雜誌社記者的身分過著一把鼻涕、一把眼淚的生活。對於結了婚的女人，而且還是已經成為人母的女人來說，繼續在職場上工作是一件很累人的事。

但，現在回頭想一想，當初沒有放棄真的是對的。

當年三十幾歲的我，根本想不到自己現在可以打理一間出版書籍的公司，和喜歡的後輩夥伴們一起快樂地工作。我相信這是那些艱苦時期的果實，要是我當初放棄了，現在應該會後悔。我雖然已經五十多歲了，但是工作的狀態卻像二十多歲的時候，孩子長大後，這樣的時刻自然會到來。因此，我想告訴妳們，不管做什麼都好，繼續工作吧！但，不能只是單純地繼續做，而是必須同時抱著夢想。這麼一來，有一天夢想就會奇蹟般的實現。

最近我告訴共事的後輩，幾年後會把公司交給他們，到時候我只負責寫文章，請他們給我一個顧問的位子，然後付我微薄的薪水。

過去三十多年的生活，我都在製作女性書籍，所以這個問題我真的有很多話想說，不過因為不能說得太長，那麼就說到這兒吧。

不要只以「媽媽」的角色過一輩子，找到讓自己快樂的方法。

◎如果有再一次選擇的機會，您想生兒子還是女兒？

老公跟我都很希望有一個女兒，因為兒子不管個性再怎麼體貼，終究還是兒子。同樣是女人，身為女兒的人生前輩，我想我應該有很多生活經歷可以告訴她，那種感覺就像多了一個朋友。

不過這是行不通的啦！我這年紀要是再生一個女兒，在街坊鄰居面前可是會丟臉到抬不起頭的呀！哈哈哈。

◎身為作者，您期許台灣讀者從這本書中得到什麼收穫呢？

媽媽是凡事以犧牲為前提的人，但是我希望各位不要只以「媽媽」的角色過一輩子。雖然我們是孩子的媽媽，但我還是「我」啊！因此，我想說的是：「不要只對兒女好，記得也要對自己好一點。」

孩子是不會了解媽媽為了養他們有多犧牲奉獻的，所以我們也必須找到讓自己快樂的方法，這樣才能當一個老了以後不會感到委屈、灑脫的奶奶，對吧？

我想為世界上所有媽媽加油。我們一起加油吧！

1

是天真還是偏執：到底喜歡他哪一點？

2

你還小，我還年輕：說好要守護媽媽的兒子消失了！

3 爸爸也愛我嗎？：對媽媽而言，我是總讓她心痛的女兒嗎？

4 開始練習：練習愉快地遠離，練習認輸

「媽媽，這個戒指是我們的祕密喔。」

當五歲的他一面這麼說，

一面將塑膠製的寶石戒指套到我的粗手指上，

我直覺地意識到人生中最糟的一段愛開始了……

【前言】

當媽媽二十年，再次深呼吸

二十次將越冬泡菜吃下肚；
二十次將冬用大衣送去乾洗；
二十次紫丁香的花開花謝；
二十次的梅雨季，心裡有時多愁善感；
二十次的祝你聖誕快樂；
二十次的冬至紅豆粥和二十次的三伏酷暑；
二十次的送走舊年迎新年；
二十次的放棄夢想與寫下新的夢想，
原來，我的二十年根本沒什麼，
那為什麼感覺如此杳遠呢？

年齡的增長，令人難以置信，
彷彿盛夏時狂飲冷水，
嚼也不嚼地，我將大把年紀一飲而盡，
有時覺得好像消化不良，
有時則為了自己光是將歲月囫圇吞下的愚蠢，
因而感到難受。

為我化解不舒服的人，
向來都是象徵著過去二十年的兒子。
雖然倒映在鏡中的無力模樣令人心酸，
但是一見到兒子，
我就能打起精神。
「是啊！我是媽媽。」
這麼心想的同時，一邊振作了起來。
我告訴自己：
「將肚子裡的一顆種子帶到這個世上，

讓它發芽，開出了花朵，並長成茂盛的樹木，
這樣就夠了，
我沒有虛度光陰。」
這世上沒有比培養出好人更重要的事情，
因此媽媽的偉大之處，
在於她們能「造人」。

雖然沒能成為好媽媽，
但是我還算認真過日子。
一直以來，我是個從未休息的職業媽媽，
一邊養孩子，一邊製作書籍。
對老公，我沒有扮演好妻子的角色；
對婆婆，我常常做出壞媳婦的舉動；
對媽媽，我則是個不見蹤影的女兒。
對所有人來說，我總是不夠稱職，
那讓我很抱歉，也很惋惜。

這本書是我個人的故事，
不對，正確來說應該是尚未結束的單戀告白，
也是字字句句關乎戀愛的故事。
這群媽媽的戀愛故事，
讓人不禁思考：
「要是再次遇見某個男人，
還能這樣傻傻地戀愛，
不惜為對方付出一切嗎？」
我想，這應該不僅是我的故事，
於是動筆寫了下來，
想和大家聊聊這樣的心情。
也就是說，
所有以「媽媽」之名生活的人呀，
這或許也算是我想和你們一起分享，
專屬於我們的內心話吧？

我期許這本可能沒什麼用處的書，
能讓各位讀者提起勁，
並且重新呼吸新鮮空氣。
不論是悲傷、痛苦，
或是生活中必須承受的時間的重量，
有天一定都會過去的；
而我們則會像蜀葵一樣，
大大地綻放。

我原以為自己的人生沒什麼意義，
直到邁入五十歲，
才發現過去的每一天都彌足珍貴，
因此，最近我很喜歡自己。
雖然還是常常想揍兒子，
他討人厭的行為也不少，

但是對於身為他的媽媽而隨時都得認真生活的我……

我真的很感謝。

F.book的大姊，金秀炅

是天真還是偏執……

到底喜歡他哪一點？

吵架，收拾行李

那天早上跟往常一樣，還沒六點我就醒了，先將米洗好，用溫水浸泡，把兩包即溶咖啡倒進杯子裡，再注入濾水器的熱水。接著，我打開冷凍庫看看有什麼食材，發現幾顆花蛤，於是決定煮一人份的蛤蠣湯。

「早上不要放大蒜，用青陽辣椒和蔥段煮碗辛辣的蛤蠣湯吧！」我在心中這麼想，打算替兒子準備微甜的烤肉蓋飯和蛤蠣湯。

當電子壓力鍋開始滾沸，按下洗衣機的電源時，我想起被遺忘的咖啡，便拿著冷掉的咖啡走進浴室。今天很早就要上班，我得在兒子梳洗前趕快洗好，再把浴室裡的水蒸氣弄乾，否則會害他在潮濕的浴室裡迎接一個不愉快的早晨。

火速沖完澡，正準備刷牙時，我又想起：「對了！咖啡！」此時，咖啡早已變成冷掉的黃色糖水。喝口咖啡潤潤喉，拿著杯子走進房間，往乾燥的臉上抹了幾滴化妝水和臉部護理油後，我趕緊走向兒子的房間。

「起床！起床了！該去上學了！」

「媽媽，我要再睡一下，不吃早餐了。」兒子將房門打開一個小縫，探出一張睡眼惺忪的臉。

我正在炒肉的手停下了動作。

「喂，再睡也不過十分鐘。你就算多睡十分鐘，情況應該也跟現在沒兩樣，乾脆去洗一洗吧！」

敵不過我的堅決，他拿著內衣褲噠噠噠地走向浴室：「我要去洗了，但還是不吃早餐。我真的很累，沒有胃口。」

唉唷？難道你梳洗是為我好？你吃飯會飽到我的肚子嗎？喂喂喂！算了吧！算了！不過就是上個大學，是有多了不起啊……你睡五個小時以上還這麼累，那連三小時都沒睡好的我該有多累！雖然有很多話想回他，但我還是忍了下來。一大早就做白工，早知道乾脆睡飽一點。

要是就此打住，那件事就不會發生了，錯就錯在我還是不放心讓他空腹出門，又開口問他要不要至少吃塊麵包。得到「就這樣吧」的回答後，我開心地從冷凍庫拿出麵包，放入烤箱，並將黃瓜和紅蘿蔔切段做成蔬菜條，打算讓他搭配原味優格和蜂蜜混合製成的醬汁一起吃。「一杯牛奶加上蔬菜和麵包，這一餐真不錯！」我這麼心想，一邊像松鼠一樣蹦蹦跳。然而，這一切的苦心就因為坐在餐桌前的他的一句話，全都化為烏有。

「我不要吃黃瓜和紅蘿蔔。還有，媽，麵包好像還沒完全退冰耶？裡面太冷沒辦法吃。」

當下我想過要不要乾脆把他裝麵包的盤子搶過來，然後丟進排水孔，但一大早就這麼做不太好，因此還是忍住了。

「那就別吃了。出去吧！直接出門吧！」

聽到我嘴裡吐出來的話，這傢伙毫不猶豫地走進房間，我則是瞪著他，沒志氣地撕下一口麵包送進嘴裡……然而，麵包根本不冰，溫度是剛好的。於是，我走到空著肚子找鞋穿的他面前，用惡狠狠的表情冷淡地說：

「壞傢伙！你真是個渾蛋！」

目睹這一切的老公，在兒子出門後拍了拍我的背，婆婆則是笑笑地盯著我因為難過而喪氣的雙眼。我知道那笑容裡有許多含意。

還能怎麼辦呢？錯就錯在妳把他寵壞啦。

誰叫妳搞得像在上貢一樣呢？

活該。眼裡只有小孩！

婆婆平常總看不慣我對兒子特別照顧，所以就算她覺得這狀況是我自找的，心裡很爽快也是理所當然的。

「這就是『媽媽』，媽媽都是這樣生活的。」

然而，婆婆說的話出乎意料，讓我的眼淚頓時潰堤。可惡！這種狀況下先哭就輸了啊！不過，害我難過的當事人都已經出去了，哭又有什麼關係呢？

「可是……再怎麼樣也不該罵他渾蛋啊！太誇張了。」老公也來插一腳，這麼說道。

沒錯，渾蛋是太誇張了……不過，都已經氣得火冒三丈了，哪還有什麼話不能說的？總之，這個仇非報不可。我一定要採取行動，讓這傢伙感到非常不舒服！

我會待在公司，你就在沒有媽媽的家好好生活吧！我收拾了行李，把三、四天分量的衣服和內衣褲一件又一件裝進大大的手提包內。身兼雜誌社記者與作家，我平常就動不動加班和熬夜工作，在外過夜對家人來說並不算太大的衝擊。

「老公！媽媽！我出去寫稿幾天再回來。不要找我！」

這就是這本書的起源……不對，應該說過去二十年來，也許我一直都好想寫這樣一本書。多少次為了孩子而痛苦、不捨、煎熬，有時也感到快樂和驕傲，每當這種時候，我似乎都有過動筆的念頭。雖然這是我的故事，但是跟世上所有母親的故事應該相差不遠。

「我仔細想過了，我要寫一本書，書名叫做《我結束了與兒子的戀愛關係》。怎麼樣？不錯吧？」

試探性地告訴辦公室的後輩們，或許是因為她們也是積壓了許多情緒的媽媽吧？反應還滿不錯的。這樣啊？那就寫吧！既然都已經出了家門，就把這悽慘的心境釋放出來吧！

其實，我是知道的……我氣的並不是兒子，而是自己。從我打開文書檔案，輸入書名的時候就是這樣認為的：「妳瘋了嗎？愛也要適可而止才算是愛啊！又不是覬覦什麼榮華富貴，有必要這樣捨身奉獻嗎？這麼積極，誰不被妳嚇到？」

也就是說，我現在承受的痛苦是由偏執的單戀所帶來的，並不是兒子造成的。從現在開始，我必須脫離這樣的愛。唯有如此，我才能活，而我的兒子也才能好好生活。

即將寫完這本書的原稿時，我是不是能找到不要那麼愛的方法呢？希望可以。

Says & Think

保持一定的距離，反而更不易分離。——湯瑪斯．海伍德

據說小孩與媽媽的依附關係在實歲三歲前形成，這段期間必須就近照顧孩子，給予關愛，這樣他們三歲之後就算離開媽媽的懷抱，成長過程中也不會感到焦慮。

雖然聽說過有些孩子有分離焦慮，時候到了還無法離開媽媽……但仔細想想，有分離焦慮的其實不是兒子，而是身為媽媽的我。安全距離並不等於幸福的距離，況且兒子都已經是二十多歲的大人了，我為什麼總是想像口香糖一樣黏著他？

我知道自己是為了保護他，不願他受傷、吃苦或受煎熬。但，媽媽又不是警察……而且最近這世道，連警察都沒辦法保護人了，我還想怎麼保護他呢？這是一種病，必須治療的病。可是，吃藥就會好了嗎？要去哪裡才買得到藥呢？

媽媽們的創傷

每個人的身上都找得到這種東西——精神上的傷害、會造成永久精神障礙的衝擊、某個再也不想體驗一次的記憶，這些都叫做「創傷」（Trauma）。身為母親的我似乎也有，那就是跟「吃」有關的創傷。從我還在為吃的問題跟二十多歲的兒子吵架來看，這無疑是一種病。

婚後到現在，我一直是從未休息過一天的職業婦女，所以向來都採放牛吃草的方法養育唯一的兒子。到國中畢業為止，我不曾好好為他準備過一餐，他就這樣自己長大了。所幸在他正值發育的時期，我們是和奶奶、姑姑整個大家族一起住，所以他還有姑姑做的飯可以吃。

「媽媽，妳幾點回來？」

「八點。」

「八點是幾點？」

上幼兒園時，他每天都會打來公司好幾次問我幾點回家，就算回答了，他又會繼續問：「八點是幾點？」但是上小學後，電話的內容不一樣了，他不像以前問我幾點回家，而是說些讓人心疼的話。

「媽媽，我肚子餓。」

每次聽到電話另一頭無力的聲音，我的心臟就怦怦跳，有時還會莫名掉下眼淚。明明他不是生活在必須挨餓的家庭，也不是那種沒有家人，得一個人顧家的小孩，為什麼我還是這麼捨不得呢？身為記者媽媽的我，每次接到這樣的電話就會立刻跑去找他。有好幾次，我假裝出去採訪或工作，其實是跑回家去。

回家後我會牽著他的手，去我認為最美味的餐廳，然後點我吃過覺得最好吃的食物給他吃。看著他一個人吃完兩人份餐點，我不知道有多欣慰。「媽媽不吃嗎？」他總是這麼問，「嗯，媽媽不餓。」而我的回答也總是一樣，兩個人甜甜蜜蜜的。

我知道他餓的地方並不是肚子，而是心——因為媽媽是職業婦女而感到飢渴，並且時時刻刻想念著媽媽的關懷，那令我感到既難過又愧疚。當複雜的情感湧上心頭，總是讓我流下眼淚。那時候三十多歲的我，還是個尚未成熟的母親。

兒子就這樣馬馬虎虎長大，變成高大的高中生，有天他問我：

「媽媽，妳可以幫我準備便當嗎？我受不了學校的飯菜了。」

太好了。兒子長到這個年紀，我從來沒有好好替他做過一頓飯，這下贖罪的機會來了。我自信地說：

「好啊！那當然。我可以替你準備。不過有個條件，那就是你必須吃早餐，我才幫你準備便當。」

簡直是自掘墳墓。對吃早餐就說肚子痛、向來都是空腹去上課的兒子提出「吃早餐」的條件後，等於我一天至少得準備兩餐。從那天起，我的清晨之戰開始了。這喜歡自討苦吃的習慣，怎麼也改不掉。

蝦仁炒飯佐奶油烤蘆筍，漢堡排加上清脆的沙拉，烤鮭魚搭配炒日本鯷魚核桃和蔬菜來開胃……彷彿要去參加便當比賽一樣，我動用了各種花招和策略在便當上，就連睡覺時也在想：「明天要準備什麼呢？」到他高中畢業，即使不睡我也從沒漏掉一次便當。對身為考生的兒子來說，我能為他做的就只有張羅早餐和便當，僅只如此。

他懂嗎？他會明白媽媽的這番心意嗎？

應該不懂吧？他怎麼會知道我因為沒替他做什麼而愧疚，很感謝他要求我做事……他哪裡會知道媽媽拚了命準備飯菜和便當？

最近我們仍為了吃的問題，搞得每天早上如履薄冰。會把他養得這麼挑食，便當也占了一部分的原因。他不愛吃什麼，我就像伺候國王一樣準備他喜歡的食物。是我的錯，是我把情況變成這樣，卻又對挑食的他發脾氣，才會造成爭執。

我的論調是：「你不能有時候就隨便一點，配合著吃嗎？」
他的想法則是：「為什麼非要我吃不喜歡的東西？」
因此，婆婆和老公也只是袖手旁觀，有些幸災樂禍。
兒子依舊討人厭和挑剔，但是現在因為吃的問題而吵架離家，坐下寫著文章時，我猛然想起他高三準備考試時某天的對話。
「媽媽，妳不用對吃的這麼那個。」
「怎麼了？對吃的哪個？」
「太那個啦！妳不用這麼花心思的。」
「不這樣我為你做的事就太少啦。」
「妳怎麼會沒為我做什麼？」
「我不像其他媽媽一樣注意你的功課，大考的事也什麼都不知道，又沒顧到你的健康……」
「妳跟其他媽媽不一樣，我也跟其他家庭的小孩不同啊！」
「所以，你的意思是媽媽很好嘍？」
「當然，妳很好。」
那天的那句「很好」不知道有多麼溫暖，深深烙印在我的胸口。所以現在怎麼辦？要不要回去曾對我這麼說的兒子身邊呢？

人生苦短，不值得只顧小事。——戴爾．卡內基

我很小心眼，是個極度小鼻子小眼睛的A型。因為小心眼，這段時間我浪費了許多生命。聽說小心眼的媽媽沒辦法養出大器的孩子，也就是說，妨礙我們家兒子成為大人物的人就是我？那，難道要我離開地球？我就只是個沒用的媽媽嗎？

夠了，想想兒子過去對我的好吧！

因為他，快樂的日子更多呀！

沒錯，我很幸福。

可是……再怎麼說，怎麼能這樣對自己的媽媽？

老公不懂弦外之音的生疏安慰

「啊！這小子真是的！他是因為沒嘗過這世界的苦頭才會這樣。不是嘛！這麼有福氣也要有點分寸啊！妳對我的好要是有他的一半，我都要跟妳敬禮了。」老公打了電話來，沒頭沒尾地罵兒子。

不過情況有點詭異，焦點不對，感覺不像是在罵兒子，反倒像是在埋怨我。

「唉！算了。他哪有錯，都是我造成的。」我說。

「是啊？我也這麼認為。妳不要太在意，本來種什麼因就得什麼果啊！」

什麼……？這男人在說什麼？

「算了！我想寫本書，關於媽媽養育兒子的故事！不對，不分什麼兒子女兒……反正就是媽媽的故事。書名我決定好了，就叫《我結束了與兒子的戀愛關係》！那就是我的心情。」

「好！這樣想就對了。妳不要那麼喜歡他了，成天把好好的老公晾在一旁！」

真是的！原來這就是你想聽到的答案，要我對你好一點？

「可是……感覺不錯，應該會賣喔！那，我可以換車嗎？」

唉！我就知道。還有什麼好說的呢？掛了吧，掛了吧。

「妳別太擔心。不過……Land Rover怎麼樣？我想要那台！」

拜託！這真的是打來安慰我的電話嗎？

被媽媽傳染的「女僕性格」

每天，我能和兒子交流的時間只有早上一小時。對我來說，那段時間是我必須為了他，用最快的速度全力付出愛意的黃金時段。除了那一小時以外，他去哪裡做什麼、在想什麼，我都不知道。所以，可以為他做事的時候，就要好好把握。

我的生活有很多規矩，在照顧一下就長到二十多歲的兒子時，也有自己的一套標準，例如睡前先決定好早上的菜色；比兒子早起，準備好大半的食物後，在他醒來去浴室時完成早餐；兒子不吃蔬菜和水果，為了他的健康著想，我會替他打好果汁；將早餐裝在便於用餐的盤子裡，像飯店餐廳一樣附上一杯清涼的水！當他梳洗好，坐到餐桌旁，我則趕緊跑到他房間，把像一坨大便的棉被摺好，然後整理桌面，打開衣櫥為他搭配今天要穿的衣服，接著擺在床上。

當受到周全服侍的兒子出家門，我才終於能鬆一口氣。當然，這之後我還得花一個小時以上做家事，包括打開洗衣機洗衣服、洗碗筷、讓掃地機器人清除灰塵，為婆婆和老公準備差別化的（？）早餐。

有別於極其討厭韓食的兒子，婆婆和老公的眼裡只有韓食，所以餐桌上的食物種類當然也截然不同。不只是不一樣，好幾次更可以說是粗茶淡飯。當然，我畢竟是人，所以常常也會對婆婆和老公感到抱歉，但是沒有辦法，要是以兒子的規格準備兩個大人的餐，那我這身骨頭應該會散成灰。

「唉呀！我都懂。只要孩子嘴裡有東西吃，自己的肚子就飽了，這不就是媽媽的心情嗎？」

心情好的時候，婆婆會這樣安慰我，但有時候也會不高興地抱怨：

「既然都要做了，也做妳老公的份吧！只有某人的嘴是嘴嗎？」

「不是啦，不是這樣……因為他喜歡飯啊。」

「那就跟飯一起給他啊!!」

「喔！好～」

我懂。如果我是婆婆，大概也會想揍自己一拳。可是怎麼辦呢？對老公和對兒子的心情就是不同啊！老公像是多年的朋友，兒子像是愛人，我也無可奈何啊！總之，雖然精心準備的程度有些不一樣，但我總是得在結束一早奔波的女僕角色後，才能走出大門。

我們家四個女兒都是女僕，而這種女僕性格是被媽媽傳染的。媽媽因為要打掃、煮飯、整理家裡……一刻也不得閒，所以除了自己以外，她也沒放過女兒們。

「喂，妳去把那個拿過來！」媽媽急著使喚人時，總是連名字都不叫。

媽媽口中的「喂」，通常都是指身為大女兒的我，因此我的身上深植著女僕根性，當媽媽叫我拿什麼，我總是快狠準地找給她，從未出錯。

奇怪的是，當時媽媽對爸爸的照顧總是勝過我們。她只在乎爸爸的胃，對我們的胃卻一點兒也不重視。為什麼會這樣？我的眼裡就只有孩子，媽媽卻只全心全意照料爸爸？

有天，最大的妹妹跟我說了一段話，她說得似乎很對。

「姊姊還不懂嗎？因為我們是女兒啊！如果是兒子的話，妳覺得媽媽還會這樣嗎？」

啊！原來如此！

這麼說來，媽媽以前應該會偷偷疼愛夾在一群女孩之間、沒辦法揚眉吐氣的弟弟嘍？就跟我總是瞞著老公，給兒子貴賓般的待遇一樣。

維持婚姻生活很困難。我老婆可以親小狗的嘴唇，卻不肯碰我喝過的杯子。——羅德尼．丹傑菲爾德

曬衣服的時候，兒子的衣服總是晾在光線最好的地方，老公的衣服則是選個差不多的地方就好。我每天都替兒子打理衣服，但老公穿好衣服出來問：「要這樣穿嗎？」我卻總是隨便瞄過就回答：「嗯嗯。」還有，我願意吃兒子的剩飯，卻不肯吃老公吃剩的。真的很不好意思……但老公和兒子就是不一樣呀！

不過仔細想一想，反正老公也有媽媽，而且婆婆對他的態度就跟我對兒子一樣。很好，那我們就算是扯平嘍！

老師，我就是這種媽媽

吃飯的事之所以講得這麼長，是因為這段日子以來我只做了這些，而且還是兒子上高中以後才開始做了幾年，之前真的什麼都沒做。由於一睜開眼就得進公司，清晨回家小睡一覺後又得去上班，因此我不得不這麼生活，只能像住在隔壁的阿姨，養育的過程中馬馬虎虎地看著他長大。

「媽媽在當記者，兒子就是這樣的命運，」因為無法消除愧疚感，我也只能不時告訴自己：「誰叫你出生當我的兒子？」藉此得到安慰。

應該是在他小學的時候吧？新學期開始後，我到學校參加家長諮詢，女老師小心翼翼地開口問道：

「請問……兩位家長不住在一起嗎？」

「喔！沒有呀！老師怎麼這麼說？」

「那個……因為孩子在日記裡寫了類似的話。」

「天啊！他怎麼會這樣寫？絕對沒有。我是雜誌社記者，常常加班，有時候也會熬通宵，但是我們夫妻沒有離婚。」

「好，原來是這樣啊！因為不太確定，所以我有點擔心。」

回到家以後，我偷偷看了兒子的日記，裡面確實有些內容會讓老師那樣聯想。

「今天媽媽回家了。媽媽回家，我很高興。我希望媽媽每天都回家。」

上高中以後也有類似的事情，那是在第一次考試後，班導打了電話來。

「我有話要跟您說，所以跟您聯絡。」

「是，我們家小孩做錯事了嗎？」

「不，不是這樣的。他這次考了二十名，所以我想安排他上課後額外的課程，但他就是不肯聽話。」

「咦？二十名？所以最近二十名就要補課嗎？」

「不是的。那個……媽媽，是全校二十名……您不知道嗎？」

「全校二十名？真的嗎？奇怪了。怎麼可能呢……」

太誇張了。我人生中最好的成績好像也不過班上十名左右吧?!嚴重落後的時候還得過全班第三十名。當時我在成績單上偷蓋媽媽的印章，檢查完之後就立刻把單子撕掉了。我知道老公的智商很高，也比我會讀書，但是我們家根本沒有讀書風氣，他怎麼可能會有這種成績？

「你得全校第二十名？」

「嗯……對啊。」
「那你怎麼不講？」
「這有什麼好講的？」
「我說你啊！當然要講啊！」
「反正妳也不知道我考試啊。」
「喂！就算這樣還是要說啊！」
「反正我們都忙，就各自顧好自己的生活嘍。」
「呃……」

從那天之後，我開始把他當成天才，雖然仍舊搞不清楚他什麼時候考試，但始終堅信他一定考得很好。我興奮地開始天馬行空：「要送他去哈佛嗎？聽說最近留學的費用很驚人，這樣得先準備一筆錢……」

就這樣，一個學期過去了，班導的號碼又出現在我的手機上。
「喂～老師好。」我大聲地接起電話。
「俊鎬媽媽，我有話要跟您說。」
「是，不知道我們家俊鎬表現得好不好。這次成績怎麼樣……考得好嗎？」

「這個麼……唉！這孩子不知道為什麼都不讀書，上課時間常常打瞌睡，成績也一直退步……是不是家裡發生什麼不好的事情呢？」

「哦？啊……這樣啊……」

當時不知道有多糗，害我真的很想乾脆挖個地洞躲起來……那心情實在難以用文字形容。但是老實說，身為一個根本不管小孩有沒有考試的媽媽，就算他成績退步，我有資格難過嗎？不過先等一下！他在家明明睡八小時，上課時間怎麼還繼續睡？他以為自己是孕婦嗎？搞什麼啊！

當媽媽的日子裡，充滿喜悅和悲傷的瞬間，每當這種時候，我的心便飄來蕩去，時而上山，時而下海。面對孩子的問題，一般的媽媽是無法不被動搖的，那只有偉人的媽媽們辦得到。媽媽的天性是一點渺小的愉悅也重如泰山，一點細微的問題也會咬著手哭泣。

我不記得那天接到兒子上課態度不好的電話後，我對他說了什麼。很有可能我根本什麼都沒說，就只是瞪著他的後腦勺，或是說話時稍微不耐煩，用狡猾的手段責備他！我就是這種媽媽，既小心眼又把兒子玩弄於股掌間。這麼看來，因為我的緣故，我們家兒子這段時間肯定很累。

之後我還是沒有看他的成績單（不對，應該說他沒有給我看才對），就這樣糊里糊塗繼續過日子。某天，我問已經升上高三、正準備考試的兒子為什麼從來沒給我看過成績單，他回答：

「妳沒有說要看啊！」

面對既定的事實，後悔已經太遲了，所以根本沒有後悔的價值，只能讓它隨風而去。但是奇怪了！我到底為什麼沒有說要看成績單？也對……就算看了，頂多也只是罵他而已。因為不看成績單，我們才能走到現在，彼此的關係沒有太大的裂痕，這樣就夠了呀！

直到現在，我都抱著這樣的心態，安然地度過與兒子相處的歲月。

媽媽對我說：
「如果你是軍人，你將會成為將軍。」
「如果你是修道士，你將是教皇。」
我是畫家，而我成了畢卡索。——巴勃羅．畢卡索

我曾這麼想：「比起責罵，當一個給予孩子鼓勵和勇氣的媽媽吧！」也很有把握能成為無條件相信孩子、給孩子希望，讓他覺得自己可以做得很好的媽媽。然而回顧過去，雖然我不常責罵兒子，卻也沒有給過他什麼鼓勵或勇氣。在兒子還很小的時候，他做任何事情我應該都曾拍手稱讚他，但那時期的事我跟他早就不復記憶了，所以根本沒有用。至於他從男孩成長為男人的時期，我明明就應該給他力量，但我為什麼沒有那麼做呢？

現在還來得及的媽媽們，請不要跟我一樣事後才後悔，成為小孩最堅強的後盾吧！時間不等人，往往一眨眼就過去了，因此，還可以看著孩子的眼睛跟他說話時，千萬不要錯過那個時期，未來才不會留下後悔。

奶奶很開心

婆婆搽了粉紅色的唇膏問孫子：

「俊鎬，奶奶看起來怎麼樣？」

「奶奶抓老鼠來吃了嗎？」

「是啊！」

「還是很大隻的老鼠呢！」

「哈哈哈哈哈！」

這是青春期以前。

奶奶很生氣

婆婆搽了粉紅色的唇膏問孫子：

「俊鎬，奶奶看起來怎麼樣？」

「……」

「不好看嗎？」

「……」

「……」

這是青春期的時候。

為什麼瞧不起我？

我家兒子有兩個姑姑，大姑姑是畫家，小姑姑是牙科醫生，兩個人都很時髦。畫家姑姑走華麗風，牙科姑姑走優雅風，同樣有著大約一百七十公分、五十公斤的苗條身材。

那麼我呢？我既不華麗也不優雅，身材更是沒看頭——只有一百五十五公分高，接近五十公斤，圓扁身材。每次婆家的人聚在一起，總是在上面的世界說話，只有我一個人在地上爬行。原本還有一個姪子「拇指」身高跟我差不多，能看著我的眼睛說話，後來他也在不知不覺間長大，加入了大人的行列。

媽媽要生的話，就應該把我生好一點呀！雖然家人說的話是為了搞笑，不是故意要傷害我，有時還是會讓我默默在心裡生起氣來。

當我試著拿出洗手台最上面的碟子，卻怎麼也搆不到，最後只好爬椅子上去時，在一旁靜靜看著的婆婆說：

「別人發育的時候，妳都在做什麼呀？」

一百八十四公分的高個子老公，把陽台的晾衣桿弄到天花板的頂端，看到我用不下來而手足無措的樣子，他說：

「妳還真辛苦。」

到這邊就算了，當我因為被一堆事情纏身，體重直線下降的某一天，兒子竟然看著在家裡走來走去的我，這麼說：

「媽媽，妳好像Chupa Chups（加倍佳棒棒糖）！也有點像巧克力菇。」

聽到他的話，我的眼眶瞬間熱了起來。他怎麼能這樣對我？一股難過的感覺像海浪湧了上來，於是我停下手邊的工作，回房間打開電視購物。沒有賣貂皮大衣嗎？心情這麼差，要不要乾脆敗一件？

雖然之後照鏡子回想起那句話，覺得自己真的很像Chupa Chups而發笑，但當時就是覺得被侮辱了，無法接受連深信不疑的愛人都來揭我瘡疤。

某天，我和擁有著截然不同的基因、優雅長大的小姑和兒子，三個人一起去百貨公司買東西。那天出門的目的，是為了替每天都在長大的兒子購買冬天的外套和運動鞋。

我原本打算買衣服、鞋子，和一堆好吃的東西給兒子，卻差點在百貨公司出手打他。這小子對人的差別待遇也該適可而止啊……我實在是無法掩飾不高興的情緒。

在運動鞋店，有雙鞋子特別映入我的眼簾，於是我叫住兒子：

「兒子，這雙怎麼樣？不錯吧？」

「沒有，很奇怪，我不喜歡這種款式。」

「喔……是嗎？我很喜歡耶。」

「那妳就買呀。」

「那這雙呢？這款也很好看耶！」

「媽媽，不必了。鞋子是我要穿的，我自己挑。」

「好吧！」

我感到既丟臉又難過，於是生氣地轉過身。此時，小姑拿著一雙運動鞋，從遠方走了過來：

「俊鎬，這雙不錯吧？買這雙吧！」

「哦！不錯喔！好啊。」

我很想問，是我太奇怪嗎？各位讀者，你們覺得這件事不值得生氣，是我小題大作嗎？如果不是我太怪，我甚至馬上就想再次懲罰那小子。哭哭啼啼、辛辛苦苦地拉拔他長大，他現在是把我當成鄉巴佬了嗎？不過，更令人生氣的是他們連我火冒三丈的事都沒注意到，根本一點也不在乎我。

「喂！你為什麼瞧不起我？」

回到家，我雙手扠在腰上這麼問，甚至氣到聲音顫抖。

「媽媽，妳在說什麼？」

「不要叫我媽媽!!」

「妳怎麼了?」

「你乾脆叫我大嬸算了!臭小子!」

「等等，我問妳怎麼啦?我總得知道原因吧!」

「算了!你完蛋了!」

我沒有再多說什麼，說了只怕顯得自己太俗氣，於是忍了下來。不過最後那句是什麼意思?什麼東西完蛋了?

我希望他可以當一個有自尊的人，不管走到哪裡都抬頭挺胸、無畏無懼，但我自己呢?身為媽媽的我，自尊心是跑去哪裡了呢?

當他咳嗽幾聲，我便自責沒有顧好他;當他發胖，我就認為是缺乏母愛造成的;當他推開親密勾手的我，我則猜想他覺得媽媽很丟臉。「為什麼呢?是因為我太矮了，看起來很不起眼嗎?還是因為我不像姑姑那麼時髦?」我因為各種理由胡思亂想，拿沒必要的事情責怪自己，這樣子的我，算得上是有自信的媽媽嗎?

我想，在愛孩子之前，我得先學會愛自己。一直到四十歲中期過後，也就是孩子十七、八歲左右，我才開始有這樣的想法。

當然，那個想法到現在依舊只存在心裡，離實踐還很遙遠。但，如果連我們都討厭自己了，孩子怎麼可能會喜歡？因此我想說的是，千萬別妄自菲薄。

當時問兒子的那個問題，我想反問現在的自己：

「喂！妳為什麼瞧不起我？我很可笑嗎？」

面對這個問題，我要怎麼回答呢？

別人對我的評價，取決於我怎麼看待自己。——厄尼斯特．海明威

看到很會養小孩的媽媽們，我總是莫名沒自信。身為一個出版企劃，遇過許多了不起的媽媽，每次發現某些孩子身上有我家兒子所沒有的優點，我就會覺得他的媽媽很偉大，也越來越削弱了身為母親的信心。

「妳現在在做什麼？」

「這樣放手不管，怎麼當一個好媽媽？」

因為庸人自擾，我常常感到憂鬱，也因為認定自己無法成為好媽媽，所以我對養育孩子這件事很沒有信心。

明明沒必要這樣的。

回頭想想，我總是全力以赴，為什麼還如此嚴苛地對待自己？

「只有快樂的媽媽能養出幸福的小孩」的真理，即便是從現在開始也好，我不會再忘記了。我做得很好，妳也是！我們都是！所以，不要洩氣，

也不要和其他媽媽比較了。

「哪裡有更好的養法？我的孩子怎麼了？這樣就很好啦！不是嗎？」

千萬別忘了，媽媽怎麼輕視和看不起自己，孩子到外面的世界就會受到同樣的待遇！

兒子正在轉大人

第一次買手機給兒子的那天，大概是真的很高興吧？原本總是駝背走路的他，像是要飛起來一樣挺直了腰桿。「你不要亂打一些有的沒的電話，或是只顧著玩手機不讀書……」就像梅雨季的連日雨水，我不停碎碎唸，於是兒子回我：「既然這樣，那妳就不要買給我嘛！電話費已經綁定了，又不能打超過一定的金額，有必要這樣嗎！」

幾個月後，他悄悄走到我身邊，問我可不可以把電話費調高一點。他說他的電話根本是不能打、只能接的廢物。

「你有可以打電話的對象嗎？你在做生意啊？」我立刻回答。

「我怎麼沒有打電話的對象？」

「你是想打給一些有的沒的小孩吧！」

「我最常打給妳耶！妳不是說有事就馬上打給妳嗎？」

「什麼？……是嗎？你哪有多常打電話給我啊……」

我有些尷尬，沒有好好回答就離開了。那天晚上趁著他正在睡覺，我打開他的手機查看通話紀錄，媽媽、媽媽、媽媽、鎮浩老爺、媽媽、媽媽、媽媽、媽媽、狗恩主、媽媽、媽媽……我突然感到一陣羞愧。奇怪了。他有這麼常打電話給我嗎？不過，鎮浩老爺是朋友嗎？還是鎮浩的爺爺？狗恩主又是什麼意思？長得很像狗嗎？我嘟囔著。

看著通話紀錄裡充滿「媽媽」兩個字，我覺得很高興。習慣找自己喜歡、信任或心愛的人，這不就是人的天性嗎？真開心！原來兒子真的常常想到我！接著，我打開通訊錄，發現我威風凜凜地占據了一號的位子——「媽媽」。

第一順位，媽媽。

我感到一陣鼻酸，輕撫了好幾下正在睡覺的兒子的額頭，然後離開他的房間。躺在床上，我開心地哼著歌，並且決定隔天就幫他提高話費。

「你手機的通訊錄，我是第一耶！」隔天我這麼對兒子說。

「嗯。」

「為什麼？你很喜歡媽媽嗎？」

「不是，沒有為什麼。」

「唉唷！喜歡就說喜歡啊！」

「那是目前啦！等我有女朋友就會換掉了。」

就知道是這樣，我到底在期待什麼？瞬間猶如大夢初醒。

不過沒關係，感覺還滿不錯的，反正目前還是第一順位。

之後，我只要一想到就會問他：

「媽媽現在還是第一順位嗎？」

「目前還是。」

大約一年後，我又問：

「媽媽現在還是第一順位嗎？」

「嗯。可是妳幹嘛一直問啊？」

又過了一年左右，我問：

「欸，媽媽現在還在最上面嗎？」

「真是的！不要問這個了，可以買一支新的手機給我嗎？」

喔！答案不一樣了。難道順序變了？他這段時間交女朋友了嗎？因為太好奇，我試著偷偷打開他的手機，發現他居然加上了密碼鎖。「原來我的地位往下掉了……」我立刻明白了這一點，並且感到很生氣。之後，我再也不花我的錢替他換手機，改由爸爸替他買。

「你不管對他再怎麼好，也絕對不會是第一順位的！」我在心裡取笑著。

Says & Think

牛奶是給小孩的，當你長大，應該喝啤酒。——阿諾・史瓦辛格

兩、三個女人聚在一起時，總是口沫橫飛地講中二病老公的壞話。我也是一樣。不過仔細想想，把老公當成小孩服侍的人，正是我們。因為不信任、無法忍受、捺不住性子……於是急躁的我們一肩扛起所有責任。對老公都這樣了，對孩子還用說嗎？我怎麼可能以大人的方式對待他。雖然嘴上總是說：「你現在也是大人了，自己決定吧！」但是他的決定如果沒有考慮到我的意見，我又會生氣。

日本教育專家高濱正伸的著作《從十歲開始重新養》裡提到，應該在孩子小學三年級時進行「獨立宣言」——在全家人的面前，宣告孩子從現在起就是大人。「什麼啊？太無聊了吧！」也許大人們會這樣想，但是對孩子來說，這個契機卻能讓他們邁向更成熟的階段。

兒子現在真的是大人了……查手機這種行為，是不懂事的小丫頭在做的。從現在開始，我不該再餵他牛奶，而且就算他每天晚上都喝啤酒，我也不會再多說什麼了。他已經長大成人，當然也要喝啤酒啊！

那個像烏鴉的土包子是誰家的孩子？

兒子剛上高中不久時，某天我難得平日可以休息，正當我在家打混，兒子放學回來了。他一到家就急急忙忙的，說等一下要出門。我問他要去哪裡，他說跟國三的班導、同學約好要見面，於是我也沒有想太多。

然而，他的行徑不太尋常，先是把早上洗過的頭又洗了一遍，用吹風機吹乾後，再抹上髮蠟，把劉海弄得像鳥巢一樣。接著，他脫下學校制服的上衣，換上剛洗好的衣服。「你是要去相親啊？」我用挖苦的語氣問，他則回我說是為了不讓班導失望。也對啦……大學畢業後剛上任的女老師，之前也算是滿疼愛我兒子的，說他很幽默、很有趣。

把房間搞得亂七八糟之後，兒子出去了，而我因為突然有事，十幾分鐘後也跟著出門。搭上社區公車，把頭靠在車窗上昏昏欲睡時，我看見窗外一幅非常俗氣的景象。一個長直髮的女孩，和一個劉海抓得像烏鴉一樣的男孩，兩人正並肩走著。

嘎──嘎──男孩的腳步輕飄飄的，看起來心情非常好。「唉唷！那個像烏鴉的土包子是誰家的孩子啊？」當我這麼心想，正要別過頭時，咦？那張臉好像很眼熟……原來，那個人就是我兒子！在公車上目睹這個景象，一想到要是被認識的人看到怎麼辦，我的臉便漲紅了起來。

「你死定了！晚點走著瞧！」我咬牙切齒地這麼想著。

你們很好奇我後來怎麼做？

其實，最後我乾脆裝作不知情，簡單地讓這件事落幕了。在他那個年紀，我也曾經偷穿爸爸的牛仔褲，和教會裡年紀比我大的男孩一起去Piccadilly劇場看電影。因為想起這件事，所以我忍住了。要是當年媽媽看見我那雙比電線杆還粗的大腿上穿著爸爸的牛仔褲，還把劉海弄得像鐵絲一樣，在男生身邊裝氣質，她會怎麼做呢？

那還用說？肯定是準備辦喪事啊！

不對，會不會媽媽當時早就看到好幾次土裡土氣的麻雀，只是裝作不知道罷了？也許真的是這樣子吧……

所謂的愛情，
是與一個美麗的女孩交往，
直到發現她長得像黑線鱈之前的愉快時光。——約翰．巴里摩

升上高中後，因為有了新的喜歡對象，我和國中時期有點意思的「教會哥哥」分手了。之後一直到結了婚、生完孩子，和以前的朋友聚會時，我才又再次遇見他——他的頭髮幾乎掉光、肚子很大，而且還很沒sense，讓我不禁懷疑起自己的眼睛。

「不過，妳那時候為什麼離開我啊？」吃飯途中，他突然這麼問我。我嘴裡的食物噴了出來，身邊的人則是拿竹筷和濕紙巾丟他，捧腹大笑。看著車窗外，腳步輕快、嘴角揚起爸爸般笑容的兒子，我猛然想起這件事。

是啊！兒子，熱戀期就好好享受吧！這都是一時的。心儀的女孩變成烏賊或黑線鱈，那只是時間早晚的問題罷了。

當時我在害怕什麼？

「奶奶，我才二十八歲。而且現在的情況是認真的，不是鬧著玩的，怎麼能當作是練習。」

「如果是三十八歲，會容易一點嗎？四十八歲就不害怕了嗎？」

我一怔，就像突然碰到某個尖銳的東西，雖然不會痛，內心卻感到悵然，而且一陣暈眩。

當時我正在看一部叫做《黃金時刻》的電視劇，劇中的奶奶想把重要的事交付給二十八歲、還不夠成熟的孫女，於是孫女說自己才二十八歲，還不懂事，是個沒有任何經驗的門外漢。聽到孫女這麼說，奶奶定睛看著她的雙眼反問：「三十八歲就會比較容易嗎？四十八歲就不會害怕了嗎？」

接下來的台詞，更是讓我的眼淚奪眶而出。

「還有別的好時機嗎？人不會一輩子好運，人生的紅綠燈也不會同時轉成綠燈，條件永遠不會有完美的一天。所以，如果是很重要、不得不做的事情，就直接做吧！」

我老是感到害怕，每天被一堆可怕的事物追著跑，而且不管是昨天或今天，甚至此時此刻，我都得和猶如灰塵般飛揚的恐懼打鬥。因此，我獨自低聲地重複了一次：「如果是很重要、不得不做的事情，就直接做吧！」

即使害怕……還是要往前進。

兒子原本書讀得好像還不錯，卻因為一次沒有跟上節奏而亂了步伐，最後決定重修。我告訴他沒有關係，這不算什麼，只要上補習班好好拚個一年就可以了，但他卻拒絕補習，說要自己試試看。因為他不是那種被阻止就會乖乖聽話的孩子，所以我只是做做樣子阻止他，之後就作罷了。

考試結束後，他的成績稍有提升，我不知道有多感動、多以他為傲，甚至流下了眼淚。那天晚上，我們點了啤酒和炸雞來慶祝。不過，到了正式填寫志願表時，他卻說要三修。我問他為什麼連志願表都不交？到底為什麼？結果，他說自己的成績還沒辦法上理想的學校。我真的快要瘋了！明明就跟他說過大學不代表人生的一切了，為什麼就是聽不進去？

最後，我的阻止失敗，他開始三修，一樣沒有上補習班——因為他實在太固執，我根本攔不住。然而，因為持續沒有好轉的趨勢，我不免也開始擔心了起來。天氣越來越熱，他一樣每天睡八小時、持續宅在房間裡，再這樣下去會不會變成宅男？

一直到那個時候，他從不曾放下高傲的姿態……不對，正確來說應該是「無法」放下。以前的他總是自信滿滿地面對家人和媽媽，所以怎麼可能突然表現出脆弱的樣子？然而，當考試的日期越來越近，不管是他或是我、其他家人，我們全都開始出現焦躁不安的症狀。

「媽媽，睡了嗎？」考試前幾天，某天凌晨他敲了敲我的房門。

「沒有，怎麼了？」

「媽媽可以跟我聊一聊嗎？」

「那還用說嗎？當然可以嘍！等我一下！」

我這輩子都忘不掉他那天的臉。閃爍的眼神、充滿失望的表情和深深的嘆息，至今仍烙印在我的腦海裡。

「媽媽，我是不是太慢了？」

原來他也會擔心……他的自尊心那麼強，應該也沒料到自己會跟媽媽坦白這些話吧？「人生就是這樣，不可能所有事情都如我們所願。」雖然很想這麼跟他說，但我把話吞了回去，因為說了又有什麼用呢？

「怎麼會！不要緊。你別擔心，只要照你想做的做就對了。比別人慢又怎麼樣？那有什麼關係？就算你要重修十次上一流大學，媽媽都不介意。你不上大學也好，進一間普通的學校過普通的生活也好……真的。媽媽真的是這麼想的。」

從生下他，一直到把他養到二十多歲的期間，那是我第一次這麼認真把自己的想法告訴他。

「呼～」他低下頭吐了一口氣，接著看了看天花板說道：「我想睡了，媽媽。好睏。」便轉身回到自己的房間。他的背影，彷彿藍色的瘀青遺留在我心中，讓人隱隱作痛。

那天晚上，我仔細思考好久好久以前，二十多歲的我害怕什麼？結果卻一點也想不起來。當時肯定有什麼害怕的事情，所以我才會像現在的兒子一樣驚恐。然而，那些恐懼全都跑到哪兒去了呢？

這麼一想，正面的想法猶如小小的果實一樣萌生。原來恐懼是會被淡忘的。使人痛苦、哭泣、想拋下一切的那些事情，以及讓人想要找個地方躲起來的恐懼，原來都會隨著歲月慢慢消逝啊！在我發現恐懼也跟生孩子的巨大苦痛一樣，有天都會被遺忘以後，我得到了一點慰藉。明天一早，兒子應該也會從極度的恐懼中獲得一點釋放，變得輕鬆一些吧？

之前，某個好友在辦公室的黑板上留下「累了就輸了，瘋狂才能致勝」的句子。

「雖然很瘋狂，但已經累了怎麼辦？」我問他。

「瘋狂的人是不會累的。」他這麼告訴我。

年過五十的我，到現在還是有害怕的事情。「應該在兒子身邊當個什麼樣的媽媽，直到世界的最後一天？」這樣的恐懼常常找上我，而不管是時間、空間、人、人生，或是我自己……有時還是令人心生畏懼。但另一方面，我也很清楚地知道，因為這是我必須征服的時間；是我非得留下來的空間；他們是我必須隨時待在身邊，給予擁抱的人；而且，這趟人生旅程屬於我，我必須為了它瘋狂奔跑，所以我一定會克服這一切，繼續往前走。

好好睡了一覺，兒子隔天開朗了許多，兩三下便吃完一碗飯，坐到了書桌前。我想，他現在應該已經好起來了吧？

「媽媽要去上班嘍！」打開兒子的房門，我說。

「媽媽，我決定了。我要重修十七次，然後上哈佛。」

好啊！一點小意思！

世界上最安全的避難處，是媽媽的懷抱。——佛洛里昂

當生活太過沉重，感覺有什麼梗在喉頭，想要大哭的時候，我就會想起媽媽，「媽媽以前也跟我一樣辛苦吧？」也會想起已經到遠方去的爸爸的臉龐……好想他。所謂的父母，似乎就是這樣的存在——可以放心休息的避風港；只要到他們身邊，隨時都會給我們擁抱的人。我希望對兒子來說，自己也是這樣的媽媽，除此之外便沒有其他奢望了。上哪兒找更好的媽媽？世界上最好的媽媽，不正是「我的媽媽」嗎？

那個媽媽是什麼等級？

我從來不知道上大學這麼困難，因為當年我們怎麼樣都進得了大學。比我還會讀書的人就不用說了，比我不會讀書的人也一個個都上了大學，當然我也不例外。

「老實說，上班族媽媽的競爭力一定比較差。最近的媽媽真的沒在開玩笑，如果想送孩子上大學，就得對入學考試瞭若指掌。」

曾經見過一個入學考試的專家，他的這段話像一根針刺進心裡，害我的心一沉，「天啊！我的兒子該怎麼辦？」因為俊鎬不肯去補習班、不上家教，說課業問題會自己看著辦，所以從小學到高中三年級的十二年內，我從來不管他。在這種情況下，我要怎麼做？如果現在突然插手，叫他做這個做那個，這怎麼說得過去？因為愧疚，我只能在心中焦慮、坐立不安，好一陣子處在崩潰的狀態下。

真的很誇張。明明要上大學的人又不是媽媽，大多數的人卻認為媽媽如果沒有好好引導小孩，就別想送小孩上大學……哪有這種道理？我覺得好委屈，敲著胸口。

修學能力試驗當天，送兒子到猶如戰場般的考場以後，在公司上班的一整天，我來回踱步，甚至不敢祈禱。祈禱也要有點羞恥心啊！臨時才想到要祈禱，願望怎麼可能會成真？

「聽說最近的媽媽也有分等級，培養出第一級的小孩，就是第一級的媽媽，培養出第五級的小孩，那就是第五級的媽媽。妳沒聽說過吧？」有個媽媽這麼對我說。

我認真思考：「我算是第幾級的媽媽？」然後發現自己似乎根本不在等級內。比起為兒子做什麼，我就只是在一旁看著，讓他自己去處理一切，所以還有什麼好期待的呢……不對，應該說我根本不能期待。

最近我偶爾會想，「媽媽」是在做什麼的人？媽媽應該是一群忘記生產時的苦痛，不分白天黑夜都用心撫養孩子的人吧？然而，我覺得最近要當媽媽似乎還得要有證照。因為我們必須成為神通廣大的金剛戰士，樣樣都精通，小孩才能成為一個成熟的大人。而且，媽媽對入學考試的學習力和預知力也得有專家級的水準……再這樣下去，之後是不是會出現媽媽證照的制度呢？我曾經像個對社會忿忿不平的人，向兒子瞎抱怨：

「我覺得你乾脆不要上大學好了。最近大家都讀大學，你不覺得沒讀大學的人反而感覺更厲害嗎？」

聽到我這麼說，兒子用「妳在說什麼啊？」的眼神盯著我，其中大概帶著「妳在開什麼玩笑」的含意。不管怎麼樣，每次經過正在讀書的兒子身邊，我總是會不正經地搗亂：「適可而止啊！差不多就好了！」兒子那麼用功，這應該也可以算是減輕他負擔的一種方法吧？

不只是我，老公的行為更誇張，他一有空就會替正在重修的兒子買清涼的啤酒回來，然後說：

「休息一下吧！」

我們還真是一對不像話的父母。

「怎麼還有書要讀啊？現在該休息了吧。」考完修學能力測驗，兒子為了準備論述而熬夜時，我這麼說。他只是笑了笑，然後告訴我：

「媽媽，妳去睡吧！這個時間大人都睡了。」

大人都在睡覺的時間，兒子卻還得坐在書桌前挑燈夜戰，真可憐。不只是我們家的小孩，所有的小孩都一樣。俊鎬已經上大學，算是可以鬆一口氣了，但現在還有好長一段路要走的孩子們該怎麼辦呢？真希望這個世界可以變成一個不用這麼做也能生活的世界……不過，這種話說了也沒有用，還是算了吧！

我要當跟孩子站在同一邊的媽媽，而不是總叫他讀書，問他之後想當什麼樣的人、夢想到底是什麼的媽媽。生活在這個世界已經夠困難了，如果連媽媽都這樣，孩子還可以信賴誰？所以，我決定當孩子可以放心依靠的後盾，以及和他站在同一陣線、一起玩耍的朋友。

另外，因為我不像其他媽媽一樣費盡心思照料兒子，所以必須受到一定的懲罰，那就是我之後即便老了，沒有力氣了，也不能要求兒子為我做什麼。這樣才合理，不是嗎？

「媽媽，妳去睡吧！有時間擔心那些有的沒的，不如睡覺吧！睡眠充足才能當一個健康的大人啊！」

沒錯，我要照兒子說的，好好吃飯、好好睡覺，當一個健康的大人。

最近我有一個新的夢想——當一個健健康康變老的媽媽。什麼都讓小孩自己做，如果老了還要造成小孩的麻煩，這可是一種背叛啊！

我絕對不會對兒子說「我以前是怎麼養你的」這種話，相反地，我只要求他一件事，那就是希望他像我對待他一樣，跟我站在同一陣線，並且偶爾陪我玩。要是以後想當一個健壯的奶奶，那我得照兒子所說的，趕快去睡了。

兒子的朋友像男人

「媽媽，我的朋友們說禮拜五要來家裡過夜。」

「是嗎？好啊！但我凌晨才會回來，沒關係嗎？」

「不會被干涉，我們當然好嘍。」

「那幫我跟他們說一件事，媽媽不是酒店的女人，是做書的女人。」

「呃！什麼啊～？」

兒子的朋友從小就常來家裡過夜，所以這不算什麼新鮮事。有些小孩還把我們家當成他家，自己開冰箱找泡菜吃，或是拿菜出來配飯。每次有朋友來，奶奶和爸爸為了接待貴賓，總是待在房間裡，躡手躡腳地行動，連個影子都看不到，所以他的朋友都很喜歡我們家。

那天晚上，老公打電話給我，問我幾點要回家，然後開始大講兒子朋友的事：

「他們個性又好又大方，而且都很帥。人家說看朋友就可以認識一個人，看來我們兒子也很不錯！」

唉唷！真是老王賣瓜，自賣自誇！才一下子就又被兒子的朋友們收買了。

然而過了不久，這次換婆婆打來。

「妳還不回來嗎？妳兒子的朋友們都來了耶！」

「好。當然要回去，我馬上就回去。」

「這群孩子很不一樣，我原本還以為只有我孫子這麼優秀，原來最近的孩子都很不錯！妳大姑回來對他們讚譽有加呢！」

哈！果然有其母必有其子！

連婆婆都這麼說，我不免也開始對兒子的朋友有些好奇，但兒子之前提醒過我，說他們不喜歡被管和被注意，要我有禮貌地裝沒事，所以我只是靜靜回房睡覺。

到了隔天，早上過去，中午也過去了，不知道他們前一天晚上在玩什麼，一直到接近下午三點還是沒有任何動靜。

「孩子們，起來了。該吃飯了，你們不餓嗎？」就像替兒子準備飯菜一樣，準備好食物後，我穿著圍裙去叫醒他們。

他們開了門出來……唉唷？看看他們！根本不是孩子，而是一群男人。原來老公和婆婆說的是真的！其中一個像李陣郁，另一個像小版的金秀賢?!看到這麼帥的男孩坐在餐桌邊，心臟突然開始怦怦跳，我趕緊將沾了泡菜湯汁的圍裙脫下來，低頭一看自己的穿著，太可怕了，是運動褲！可惡，早知道就換件衣服了。

「哇！伯母。好好吃。」

天啊！又帥又有禮貌！

我告訴他們，還想再吃的話可以把整鍋飯都吃掉，也分別稱讚他們長得很帥。原本以為我兒子是世界上最帥的，看到他們以後，我的想法不禁出現了些微的變化。別人的兒子都像男人，為什麼只有我們家俊鎬還像個小孩呢？他到別人家也會受到男人的待遇嗎？我開始想東想西。

幫他們準備好飯菜，回到房裡坐下，突然意識到已經過了好漫長的一段時間。他們叫我「伯母」明明沒錯，為什麼我現在還是難以接受這個詞呢？不過幾天前，那傢伙還穿著尿布和窄管褲，什麼都不懂地胡亂搗蛋……什麼時候我已經變得這麼老了呢？

照照鏡子，看見像溪谷一樣的法令紋和一層層的白髮，簡直就是個不折不扣的老人。用這張臉稱讚兒子的朋友們很帥，他們肯定認為我是個不正經的老人家吧……真令人傷心。然而，沒想到他們走了以後，婆婆竟然偷偷跑來問我：

「欸，妳喜歡哪一個？個子很高，穿白色衣服那一個？還是個子比較小，戴眼鏡那一個？」

「妳呢？」

「我喜歡高個子。」

「那我選個子比較小的那個。」

「呵呵呵。」

「嘻嘻嘻。」

我放下剛剛還在想正不正經的想法，反正年過八十的婆婆都這樣了，我這個年紀哪算什麼？我很高興……因為兒子的朋友們看起來像優質的男人，也因為兒子已經到了這個年紀。

幾年前在選秀節目裡看見一個叫「Roy Kim」的男人，他身穿白襯衫，捲起袖子登場高歌，我被那個樣子迷倒了。當時他演唱的《化為塵埃》，是我某個時期情有獨鍾的歌，而且身材嬌小、穿白襯衫的男人正巧是我喜歡的類型，所以我的心不停小鹿亂撞。重複聽了好幾天、看了好幾天之後，我問兒子：

「你不覺得這個男人很帥嗎？很厲害吧？完全是我喜歡的類型！」

「是很厲害。不過，媽媽……我跟他同年紀。」

真是太～好了！從那之後我再也不覺得Roy Kim帥了。

Says & Think

老，總是十五年後的事。——比爾．寇司比

某天，我跟婆婆面對面坐著聊天。

「媽媽，我現在還是覺得自己會有一些成就。好像我的人生不會就這樣結束，而是會成為一個很厲害的人。」

婆婆笑了。

「還是我只要把孩子養好就好？」我又問。

「妳啊！我雖然已經八十歲了，還是覺得自己會有什麼成就，更何況是妳呢？兒子是兒子，妳是妳，不是嗎？」

婆婆說的話，有時總能讓我體悟人生的真理。育兒有什麼大不了的？並不是只有書中所說的才是正確的育兒方法，經歷八十年歲月的老人家，她的一句話也同樣珍貴。

如婆婆所說的，兒子是兒子、我是我，因此，我現在還是對未來懷抱夢想。有天，我一定會變成自己夢想的那種人，不論是成為一個作家或是大韓民國最棒的出版企劃，又或是以兒子最愛的好媽媽的狀態老去！

這些都是我的志願。

下雨了還是可以啟程

「媽媽，妳知道嗎？聽說普吉下個禮拜都是雷雨的天氣，會打雷和下雨！」

「真的嗎？唉！就知道。我去的地方怎麼可能會出太陽呢？」

兒子高中畢業後，我這輩子第一次有一趟「單純的旅行」，而不是為了工作的旅行。不過這個度假勝地其實不是我特別中意的地方，只是因為剛好在社群商務（Social Commerce）上發現超便宜的商品……不對，那只是個藉口，其實是我想找機會和兒子兩個人一起去旅行。兒子現在二十歲，還算是跟媽媽很親近的年紀，之後他很快就會離開我的懷抱了，所以我想要創造一個能夠珍藏一輩子的回憶。

聽說我們在的那四天剛好都會下雷雨，於是兒子從出發的前三天就開始戰戰兢兢的。世上果然沒有任何事情是容易的，都還沒出發，我們的心情就好沉重。

因為雷雨而抱著擔憂啟程的短暫旅行，我們在旅途中遇見了一些人，讓我和兒子徹底學到了幾項意料之外的人生課題。

在那裡，我遇見缺一條腿的俄羅斯奶奶，她腳上裝著義肢，穿著運動鞋，步伐又大又有力，連兩條腿好好的我都很難追得上。那位奶奶說她正在環遊世界，憑一條腿生龍活虎地走著。奶奶牽著爺爺的手一起去那裡旅行，當我看到她用單腳潛水，因為那模樣實在太美，我差一點就要哭了……不對，也可能是出於愧疚，因為我的雙腿明明好好的，卻總是被束縛著。

我們還遇見一個韓國爸爸，他推著坐輪椅的腦性麻痺的女兒來旅行。泳池旁，我看見他替坐在輪椅上、塊頭很大的女兒搽防曬乳，從臉到身體，相當仔細。他的女兒四處張望著，接著就像向日葵一樣開懷大笑，結巴地對我和兒子打招呼：「尼～們好！」

我差點又要哭了，因為她的招呼是如此開朗，而滿身大汗的爸爸看起來是那樣幸福。爸爸替女兒搽好防曬乳後，帶她到游泳池去，讓她運動了兩個多小時。從他的身上，我看見這世上無與倫比的幸福。

在餐廳，那位爸爸不停地跟女兒說話，一些比食物還吸引人的話。

「這叫做酸辣湯，是泰國傳統食物，味道怎麼樣？」

「這裡氣氛很棒吧？我們拍張照，之後拿來做旅遊的紀念相本吧！」

每當爸爸和她說話，她就燦爛地笑著點頭，而那點頭的動作，讓她的生命有了意義。即使身體不舒服，至少還有爸爸送給她的美好人生，所以她應該可以像公主一樣，幸福美滿地繼續生活。

在那裡，我們還遇見一對法國夫婦。他們有三個年紀差不多的孩子，一個大約六個月大的女嬰，以及兩歲和三歲的兒子。不是一個孩子，也不是兩個孩子，他們竟然帶了三個孩子出國旅行……我覺得很不可思議，暫時說不出話來。要是我，一定會嫌麻煩而不肯那麼做。

養育唯一一個兒子的期間，我從來沒有好好享受過一次別人都有的假期──除了去濟州島旅行的那一次。但，自此我再也不帶孩子去旅行，因為媽媽要在大太陽下照顧小孩，實在太可怕了！

然而，那對夫婦非常享受，看起來很快樂。他們放任兩個兒子到處跑，自己則是吃吃飯、喝喝雞尾酒、散散步或游泳。不只是這樣，他們晚上還去參加舞會跳舞。媽媽把小女兒放在娃娃車裡，輕輕搖動屁股跳著舞，爸爸則是心滿意足地看著太太……那景象就像一幅畫。

於是，我差一點又要哭了。

這一次，為的是我已經逝去的時光後悔，也怨自己明明可以那麼做，卻傻傻地逃避。路為了離人敞開，幸福只會找上已經準備好要接受的人，這是我從旅程中遇到的人們身上所學到的人生智慧。就算下雨也沒有理由停下來，而是必須貫穿雨水前進。

在回程的飛機上，我一直沉浸在這樣的想法之中，好想挽回過去的歲月。接著，我笑了，與其在意不可能的事情，倒不如從現在開始好好生活。

「兒子，你在想什麼？」

「我？我沒在想什麼啊。」

「這次旅行怎麼樣？」

「嗯……還算……不錯啦。」

「你有什麼想法嗎？」

「想法？大概就是要好好練習英語會話吧?!」

二十歲有二十歲的人生，五十歲的女人也有五十歲女人的人生。現在能做什麼，就毫不保留地去做；現在能感受到多少，就充分去感受那種快樂。這不就是最美滿的人生了嗎？我希望兒子也是這樣，按照他那個年紀應有的狀態，恰如其分地享受人生！這樣才能稱得上是無悔的人生。

別忘了，再也不會有第二個「今天」。——但丁．阿利吉耶里

兒子還小的時候，有很多事情，我總想著要等他長大一點之後再一起做。那時候為了過生活，每天就像秒針一樣飛逝，而且我還只是個新手媽媽，每每想到要和兒子一起做什麼，便感到侷促不安。因此，為了找到撫養孩子時也可以做的事情，我游移不定。就這樣，我為「明天」擔憂，錯過了和兒子之間無數個「今天」。

據說美好的記憶會成為往後生活的力量……不知道我留下的美好記憶，究竟有多少？關於以後想和兒子一起做的事，我現在已經記不得了。如今，孩子長大成人，我變成關節疼痛和視力模糊的中年女人，隨時間繼續流逝，有天我又會像現在一樣這麼說吧？當生活再輕鬆一點，到時候我又會說自己曾有些事想和兒子一起做。

剛開始寫這本書的時候，我覺得那些孩子還很小的媽媽令人稱羡，因為

她們有充足的時間可以做些什麼，那不知道是多棒的一件事！我羨慕她們的年輕，也好想回到過去，創造一段無悔的幸福時光。

但是，我改變想法了。現在做就對了！不必追究過去沒做到的事情，也別因此心痛。已經走掉的時間不會回頭，別讓寶貴的今天也被後悔給填滿了。我老得太快，兒子也很快就會離開我、走進他自己的世界，所以，我沒有那麼多時間可以浪費。

希望結束和兒子戀愛的想法依舊沒有改變，只不過，我決定要找到愛兒子的其他方法。只要真心撰寫每篇文章，就能發現原本連自己都不知道的想法，因此，在這本書快要結束時，應該能找到方法吧？

睡醒之後，又是另一個新的「今天」。即使每天早晨都很疲累，也試著擺出笑容，讓孩子看見媽媽燦爛的笑靨，開心地迎接新的一天吧！在我看來，幸福就是從這樣微小的第一步開始的。只是過去沒有發現這件事實，令人覺得有些可惜罷了。

你還小，我還年輕：

說好要守護媽媽的兒子消失了！

喜劇般的婚姻

二十五歲時，正值花樣年華的我步入了婚姻。

我曾經自信滿滿地告訴爸媽，自己二十六歲就會獨立，所以當時正在存一筆積蓄。然而，就在二十五歲即將結束的十二月，某個下著雪的日子，因為媽媽的關係，我的獨立計畫成為泡影。

我們家有四個女兒、一個兒子，經濟狀況不算太好，因此對撫養五個孩子的媽媽來說，她最怕的就是我們晚結婚。

「在我們家二十五歲就是極限，爸媽太累了，沒辦法再養你們了。你們一定要結婚成家，這樣我才能輕鬆點。」

身為長女，我自然是媽媽計畫中的第一個主角，但我當時還沒有結婚的念頭，所以按照家規，正準備二十六歲出去獨立。然而，媽媽擔心我自以為是記者就擺出高姿態，會當一輩子的老處女，所以使出了不容小覷的妨礙戰術。

「我們保險公司處長中，有一個三十九歲的單身漢想認識妳。雖然有點年紀，但他能力很好，還有一棟房子……怎麼樣？要跟他見面嗎？還是妳要帶誰來給我看看？」

我怎麼可能答應？三十九歲的保險公司處長？比我大一輪還有剩的老爺爺？這豈不是等於要把我賣給素未謀面的人？那我不就變成沈清了嗎？為了阻止這種事發生，我只好拜託在隔壁雜誌社工作的攝影師幫忙——他平常就表現出對我有點意思的樣子，而我也偷偷對他有好感，還算滿注意他的。

「你可以來我們家一趟嗎？只要露個臉就好了，我之後請你吃好吃的東西。」

他開車載了一箱水果來我們家，媽媽的表情開心得不得了。爸爸不知道是不是識破了這齣可疑的戲碼，看起來沒有特別高興，媽媽卻是一副要殺雞慶祝的模樣，不懂事的弟弟妹妹們更是在他人才剛到玄關，連鞋都還沒脫時就大叫「姊夫」。

「好，那什麼時候要去你們家打聲招呼呢？」媽媽笑得合不攏嘴，一面問道。

「啊……嗯？嗯……下……下個禮拜吧。」眼神閃爍，因為慌張而臉色發紫的他，調整呼吸後回答。

下個禮拜，我去了他家。

「你至今帶回家的女朋友中，這次是最棒的。好，那兩家人什麼時候互相打個招呼呢？」他的媽媽這麼說。

奇怪了。不對啊……真的不應該是這樣的啊！為什麼會變成這樣？

隨著原本沒有想太多的婚事逐步進行，我才真正開始注意那個人。他的個性很好、非常溫和，跟我那挑剔的爸爸完全不同。他有一棟房子，也有不錯的工作，還有一台像金龜子的小車。雖然年輕就喪夫的媽媽感覺有一點不好伺候，但是個性很率真。他是家中的老么，兄弟姊妹都已經成家立業了。大哥和兩個姊姊都是菁英，人品又好。最重要的是，他很疼我。

「為了照顧弟妹，妳年紀輕輕就過得很辛苦，但是現在看來，妳以後應該會很有福氣！媽媽從沒想過妳會嫁進這麼好的人家，真的好高興！謝謝妳，我的女兒。」

見面禮、訂婚、結婚……所有程序進行了一年。一直到婚禮結束，蜜月旅行之前，我才確切意識到發生了什麼事。「媽媽，我出發嘍……」說完這句話，我開始淚如雨下，而媽媽、阿姨和弟弟妹妹們也全都抱在一起哭。那時候，全家人把氣氛搞得像是女兒和姊姊被賣掉了一樣，害老公不知所措地看著眼前的荒唐情況，那表情我到現在都還記得。明明第一次見面以後大家就那麼歡迎他……他當時一定很傻眼。

我曾經以為戀愛一定要談得銘心刻骨。二十五歲時，我還不懂人情世故，除了是虛有其表的假聰明，還是個仍舊相信愛情的傻子。對我而言，戀愛應該像愛情小說一樣驚濤駭浪，內心也一直幻想著那種愛情。然而，我完全沒料到原本認為婚姻應該像浪漫電影的自己，最後竟然喜劇般的成為某人的妻子。

「結婚需要一股衝動。」所有人都這麼說。不管是為愛、為錢，或是為了其他因素而失去理智，總之，婚都是這樣子結成的。世上沒有完美的婚姻，不論是被什麼吸引，反正沒有人是毫無理由就踏進婚姻這座墳墓的。相反地，也有人選擇等待，一邊懷抱著夢中情人有一天會出現的盼望。然而我敢斷言，夢裡期待的人和愛情並不會到來，因此結論只有兩個：不是因瘋狂而結婚，就是獨自生活！

婚後一年，我和老公你儂我儂，非常恩愛。我們總是早上一起去上班，晚上一起下班，途中到影視店租一部電影，買三、四瓶啤酒，等到吃完晚餐，我便會躺在他的膝蓋上看電影。我們也一起刷油漆、烤麵包、曬衣服。婚後才開始戀人舉止的每一天，以及讓人覺得這場婚結得真好的每一天，就這樣延續著。

如果婚姻是這樣子……那我算是嫁得很好吧？可是，為什麼其他結了婚的人都這麼負面呢？真是讓人搞不懂！

就這樣，在無法預測下一秒會怎麼樣的情況下，我越來越志得意滿。

在男人面前千萬別提重物

「結婚生活怎麼樣？還不錯吧？

當然嘍！一開始都是這樣的。

不過我告訴妳，

那持續不了多久，很快就會走味的。

為了讓婚姻持久，夫妻應該想辦法維持新鮮感，

但可惜的是，因為女人太傻氣，男人又呆頭呆腦的，

所以兩個人一起生活根本找不到維持新鮮感的方法。

跟妳說一件事吧！

妳相信我說的。真的很簡單。

那就是在老公面前絕對不要提重的東西。

就算可以一把提起來，妳也要忍住，拜託老公來幫忙，

然後一邊說：『唉唷！好重。』

要是不這麼做，妳這輩子可能都得背著沉重的負擔過生活。
還有，妳也不要自己釘釘子、搬家具之類的，
隨時都請老公幫忙，這樣他才會得意，妳也不會那麼累。
聽起來是不是沒什麼了不起的？可是這真的很重要。
自己就能處理好大小事的女人，最後都會活得很辛苦。
夫妻要養成小事情也一起做的習慣，
這樣婚姻之路才會平坦。
不過女人們就是辦不到這一點！我也沒資格說別人。」

很久很久以前，某位料理研究家林老師曾這麼告訴我。
當時的我心想：「拜託！真無聊！哪有這種事？」
然而，現在想想，這些話似乎說得一點也沒有錯。

客人就像魚，三天一過就開始發腥。——班傑明・富蘭克林

生物的保存期限很短，若不拆分成一小份一小份，適當地冷凍起來，很快就會變得不新鮮，開始發臭也只是時間早晚的問題。同理，愛情和婚姻也一樣。婚姻的風味必須在新鮮時就好好保存，光憑「愛」這樣一個理由，就輕易向對方展現自己的一切，那可是會降低新鮮感的。

別放棄在老公面前看起來像個女人，應該能撐多久就撐多久，以便享受身為女人的特權。其實，男人還滿好騙的。

但話說回來，我怎麼會結婚不到三天就露出真面目了呢？一個人也能做得很好的堅強模樣，看來是太快被發現了。真是的！

分隔兩地

「結婚？那是地獄！是熾熱的火坑！我都這麼說了，如果妳還是很想結婚，那妳就去結吧！」

遇到還沒結婚的女人時，因為羨慕（？）她們，我偶爾會說這種潑冷水的話。我猜她們心裡大概是這麼想的：「還沒結婚就夠焦慮了，她竟然還在別人傷口上撒鹽。自己都結婚生小孩了，還想阻止我……她到底是安什麼心啊？」

「男人是還好，可是我想要生個小孩。」每當聽到這種話，女人總不約而同地這麼回答。最近的女人變聰明了，不再把男人當成人生的救世主。可不是嗎？許多女人因為相信男人而步入婚姻，之後總是氣得牙癢癢的。

在二十五歲還懵懵懂懂的年紀結婚，過沒多久，我就從大約維持一年的新婚「甜蜜期」進入「慘澹期」。主修攝影，原本好端端在雜誌社當攝影記者的老公，突然說要辭職繼續進修，打算去日本學電腦攝影（當時韓國還沒有那方面的資訊）。然而，我沒有阻止他。為什麼？因為我理所當然地認為自己也會一起去。

「我先去定下來，妳大概六個月之後就可以過來了。」

賣掉公寓後，老公用那筆錢去留學，我則因為無處可去，決定和老公的媽媽、姊姊一家子一起住。其實我也可以回娘家住，但是卻自己主動說要待在婆家。為什麼？因為只要六個月，六個月一過老公就會帶我走了！

三個月過去，我這邊也應該做準備，老公卻沒多說什麼，於是我就只是等著。五個月過去，他還是隻字未提，我告訴自己：「這種事很正常，沒什麼……」六個月過去，也許是怕我吧？他連電話都不太打來，到這裡我都忍了下來，直到一年過去，我終於爆發了。

「為什麼？你為什麼要這樣對我？」

「嗯……那個……」

「那個……哪個？你有別的女人了嗎？」

「妳怎麼說這麼恐怖的話啊？」

「那是為什麼？你說給我聽聽看啊！」

「來到這裡之後，我才發現不是開玩笑的。房子髒，物價高，我一個人都得花這麼多錢了，兩個人的生活花費一定更可觀。但是又不可能連妳也來這裡讀書，妳來了可能得打工……」

「打工就打工啊！我很會！」

「再怎麼說妳名義上也是個記者啊……怎麼能讓妳放下那麼好的工作，來這裡擦盤子？不管怎麼想，我都不能讓妳這麼做。」

我相信他說的那些話是發自真心的，因為就連原本吵著不論如何都要去的我，仔細想一想之後也覺得他說得有道理。不過，生活光憑真心就行得通嗎？

從那之後，我就以「名義上也是個記者」的身分生活，拚了命地工作賺錢，匯錢到日本，在婆家身兼小女兒和媳婦，以模糊的身分過日子。我偶爾往返日本，在這段時間懷了孕，一個人害喜、一個人生孩子、一個人養育小孩……就這樣，我常常哭，也常常氣得跺腳，獨自度過了沒有老公在身邊的每一天。

現在我偶爾還是會思索，如果當時我沒有選擇留在韓國，而是去日本的餐廳擦盤子，現在的我會變得怎麼樣？如果我沒有聽老公的話，奮不顧身地追去日本，那我們夫妻現在又會是什麼模樣？會比現在還好嗎？還是會比現在還不好呢？

不知道。反正生活本來就沒有正確答案，只有當下做出什麼選擇而已。與老公分隔兩地的五年，雖然很辛苦也很孤單，但是這段期間也有過一些好事。因此，我不應該一再回味已經逝去的往日，而是要活在當下，全心全意地。

就這樣，也許有一天我又會問自己：「如果當時我沒有做出那樣的選擇……現在會變得更好嗎？」

Says & Think

沒人能真正理解另一個人，
也沒人能安排別人的幸福。

——格雷厄姆．格林

他說會完全理解我，他說會給我幸福……我沒有笨到現在還相信這種話。結婚以後，我知道經營婚姻沒有那麼容易，而在不停地受傷和復元以後，我也變得越來越精明了。帶著一顆變得精明的心，我找到了適當的幸福法則。

應該為我負責的人不是老公，能為我帶來快樂、成長，並且發自真心安慰我的人，也只有我自己。怪老公做不到這些是沒有用的，因為他們一輩子都不太了解妻子。因此，任何事情剛好就好！貢獻要適當，體貼要適當，愛另一半也要愛得適當！剩下的力氣就用來愛自己吧！這樣我們女人也才能活得輕鬆點。

變成企鵝

十二、十三點五、十六、十七點九……糟了！懷孕即將滿八個月時，我的體重開始以等比級數增加。這是怎麼回事？其他女生到懷孕後期才胖十二公斤左右，我是怎麼了？難道寶寶已經在肚子裡長大，準備要出來了嗎？再這樣下去，我的體重就要追上身高了啦！

一開始只是開玩笑地抱怨，但是隨著體重持續增加，我也開始感到憂慮。不過，即使面臨這樣的危機，我還是一樣貪吃，每天至少要吃掉一斤的草莓，外加兩、三枝冰棒。

「唉唷！弟媳！哈哈哈哈！我還以為是跟弟媳長得很像的企鵝呢！」

那天，我又一手拿著一袋草莓，一手拿著一枝冰棒舔著吃，歪歪扭扭地走路回家。我當時的模樣應該像極了摔角場上的摔角選手，卻偏偏在巷口被認出來，而且認出我的人還是好久沒回來的大伯。真是有夠糗的！像企鵝是什麼意思嘛！

然而，事情並非這樣就結束了。到了九個多月時，我增加的體重輕鬆突破二十公斤，每次只要穿襪子，鬆緊帶的勒痕就會像紋身一樣，在腳上三、四天都揮之不去。不只這樣，我的手指無法好好彎曲，就連原本應該在臉部正中央的鼻子，也因為腫起來，都快要遮住臉頰了。就這樣，我徹底從人類變身為企鵝。

在擔心害怕的狀態下，我接受了妊娠毒血症的檢查，所幸結果沒有任何異常。總之，最後我一共增加了二十四公斤，體重直逼七十。要當媽媽，原來還真不是普通的辛苦。

送老公去留學後，變成一隻與老公分隔兩地的雁子；懷孕後身材發福，活脫脫像一隻企鵝……也許對我來說，婚姻生活就是變成鳥類吧？也對，畢竟我從以前就常常被說是「雞腦袋」，說不定我打從一出生就是一隻鳥了。

不過，或許真的是雞腦袋吧？那時候的記憶我幾乎都忘光了。明明常常以淚洗面，咬牙切齒，磨刀霍霍打算復仇，也收拾過好幾次行李……但現在，我卻已經記不得那些難熬的時光了，從這點看來，我確實是個很遲鈍的人。

「媽媽，妳是怎麼生五個孩子的啊？」

搖晃不穩的日子實在太辛苦、令人難以喘息，於是我這麼問媽媽。我不過是生一個就這麼累了，媽媽是怎麼生五個小孩的呢？突然覺得媽媽好可憐。

「在醫院生的啊！」媽媽回答。

回答得還真妙。

戰爭恐懼症

當預產期越來越接近，整個局勢非常糟，雖然記不得詳細的情況，但那時候與北韓的關係惡化，隨時都處在一觸即發的危機中，彷彿馬上就會爆發戰爭，讓我好害怕。

每天睜開眼，新聞都在大肆報導戰爭的事，害我的腳不停發抖，根本沒辦法好好走路。隨著情況逐漸惡化，大家開始搶購泡麵、米、蠟燭，導致超市貨架完全被清空。輸人不輸陣，我也在衣櫃塞滿吃的、喝的、點火的東西……婆婆看我這個樣子，總是嗤之以鼻。

不過仔細想想，吃的其實不成問題，問題是我如果在逃難的路上，突然要生小孩怎麼辦？啊～光是想像就令人毛骨悚然！

「媽媽，我問妳喔！妳接生過小孩嗎？」聽說以前的長輩常常在家生小孩，所以我抱著一絲希望，臉色蒼白地問婆婆。

「沒有，我沒接生過小孩，但替牛接生過。」

「喔！那怎麼辦？」

「怎麼了？什麼怎麼辦？」

「要是我在去避難的路上生小孩，媽媽要幫我接生啊！」

「哈哈哈哈！我真是被妳打敗……妳去看醫生吧！」

婆婆笑了，我卻笑不出來，只是一直發抖。

生孩子恐懼症

到了預產期，肚子很大，宮口卻還是沒開，在別無選擇的情況下，我只能選擇剖腹產。生產前一天，我非常害怕，不過怕的不是生小孩，而是怕生出女兒——我不知道自己會不會遺傳到媽媽一直生女兒的基因，也因為婆家是以男孩為貴的家庭。

「欸，秀炅！醫院有沒有說是兒子還是女兒？」

「我問過醫院要買藍色被子還是粉紅色被子。」

「那就對了！結果呢？」

「他們只叫我買白色被子。」

「唉唷！那就是女兒啦！真傷心。」

「媽！女兒比較好啦！現在都什麼時代了。」因為我要生小孩而暫時回國的老公在一旁跳腳。

「你以為我不懂嗎？但還是要有一個兒子啊！」

「媽也真是的……這胎不是的話，下次再生就好啦！」

聽著他們兩人的對話，令人有些上火。

「別擔心，從我肚子生出來的女兒也會很像兒子。」因為心裡很不是滋味，於是我語帶不滿地說。

看來我當時雖然說得輕鬆，仍不免將這件事放在心上。

躺上手術檯，數著一、二……我便昏昏沉沉地進入了睡眠狀態。接著，朦朧中傳來醫生的聲音，彷彿在作夢一般。

「可以起來嘍！睜開眼睛看看吧！妳生了一個兒子。」

「是兒子……可以了。」我感到安心。

在往後的日子裡，我常常希望有個女兒，很猶豫要不要再生一個，「要不要再生一個女兒就好呢？」不過，養育兒子以後，我自然而然地放棄了這個念頭。因為下一胎如果不是女兒就糟糕了！

只要不是B型男人就好

「辛苦了，真的辛苦了。我們家妹妹當媽媽了！真是令人難以置信。」
住在一個屋簷下，和我情同姊妹的小姑，帶著一束花急忙來祝賀我。
「不過，妳兒子是什麼血型啊？」
「這個嘛……我還沒問耶！」
「他應該像妳，A型的機率很高。」
「A型的男生不是有點小氣嗎？」
「不會啦。A型男生最溫暖、最感性，也最懂得體貼別人……聽說這個社會上遇到的人，不錯的男生都是A型。」
「是嗎？可是我其實喜歡O型的男生耶！性情溫和又有禮貌。」
「是啊！O型不錯。不過妳怎麼會選到一個AB型的男人？AB型的男人不太懂事耶！妳老公是AB型對吧？」
「對啊！姊！AB型不怎樣。有時候像A型一樣溫柔，有時候又會突然變成B型。」

「沒錯！不過說實在的……他不是B型就值得慶幸啦！最近的女生都對B型男生有很多意見。」

「就是啊。總之我兒子不要是B型就好了。」

「唉唷！這種話妳可是連提都別提啊！B型兒子要怎麼養啊？」

正當我跟小姑聊著看似廢話的內心話時，穿著白袍、身材矮小的院長開門走了進來：

「金秀炅小姐，妳的兒子是B型。」

生兒子的媽媽的錯

在兒子兩歲以後，隻身到日本留學五年的老公終於回來了。以前總像糯米糕黏在一起，讓人看了很不舒服的我們，已經有好久不再像新婚時期那麼恩愛，彼此就像獅子一樣充滿攻擊性。

「當身體的距離變遠，心靈的距離也會跟著變遠。」這句話說得果然沒錯，雖然很想念，但是真的在一起了，卻對彼此感到彆扭。習慣，就是這麼可怕的一回事。

老公雖然回來了，但其實是被我硬抓回來的。他說想留在日本的大學時，我威脅他：「要走你就先蓋章離婚！」我們在肉體上分開五年，等他回來以後，心還是分隔了五年。就這樣，像走鋼索一樣驚險的夫妻關係維持了十年，我們邁入三開頭的年紀，而兒子也在這樣的情況下長大。

「那個叔叔是誰啊~啊?!叫他馬上從我們家出去!!」

每次快要忘記時，爸爸就又出現在媽媽的身邊，我們家兒子因此承受了很大的壓力。

有一次，老公放假回家待一陣子，於是我鼓起很大的勇氣，提議帶著剛滿一歲的兒子去旅行。待在濟州島頂級飯店的三天兩夜，我原本打算好好享受身為女人卻沒能得到的待遇，還要讓兒子看到爸爸有多棒。

然而，也許是我的期待太高了。才一到濟州島飯店放好行李，老公就睡著了，而除了睡覺時間以外，一刻都靜不下來的兒子，則是指著飯店的門哇哇叫，吵著要出去。

帶小孩去海邊悠閒漫步？那是不可能的。為了阻止他跑進海裡，我孤軍奮鬥著，和他在沙灘上翻滾。當我經過陽光的洗禮，滿臉通紅地回到飯店房間，老公依舊沉醉在夢鄉中。真舒服啊！上過漿的寢具，加上冷氣不停地吹，睡在這張舒適的床上可有多過癮！

每當我以為終於可以悠哉一下，或是喘口氣時，兒子不是在房間的一角撲通坐下，放一個超臭的屁，就是弄掉桌上的檯燈，或把頭塞進廁所馬桶。大概是這些事也都做膩了，他又開始指著大門。到了晚餐時間，老公依舊熟睡，兒子哭鬧著，最後我只好和兒子兩個人出門，一人嘴裡叼著一枝冰棒，淒涼地望著遠方的海洋。這算什麼？我現在到底在做什麼？那時候，我不知道有多悲痛。因為我的處境實在太淒涼，沒辦法就這樣算了，於是那天晚上，哄兒子睡著後，不會喝酒的我喝掉一瓶啤酒，然後開始用含糊不清的聲音大哭大鬧。然而，老公卻用完全摸不著頭腦的表情問我：

「那個……我睡覺的時候，妳在外面發生什麼事了嗎？」

算了吧！跟這個男人還有什麼好說的？一整晚，我獨自在被子裡啜泣，隔天早上臉腫得像包子一樣，連自己看了都嫌醜。

「妳睡前又偷吃泡麵了吧？唉唷！臉怎麼會變這樣？」看著我的臉，老公問。

當人妻就像在教小孩講話，一、二、蘋果、梨子……如果不一一教男人，他們根本不會明白這個世界的道理。男人永遠長不大，即便妳已經氣到快要爆炸，他們還是搞不清楚妳在想什麼。男人就是這樣，老公就是這樣，這時候要是再加上兒子？那還用說嗎？只能一而再再而三地忍耐了。沒有貼心的女兒，只有兒子的媽媽之所以可憐，正是因為如此。

了解愛人需要什麼，是非常困難的事情。——烏戈．貝蒂

「有件事令我很後悔，那就是傷心難過時沒有一一告訴老公。還有，我明明希望他成為什麼樣的父親，卻沒有直接跟他說，這一點也是不對的。當時，我是個年輕且懵懂的女孩，還搞不清楚自尊心應該用在哪裡，也不知道男人原來是真的不懂。那時候我可能覺得說出口就輸了、講了只會吵架，所以乾脆一切都自己來。如果妳們現在還沒走到這個地步，希望妳們不要步上我的後塵。別像隻獅子一樣凶狠地說：『連這都不懂？』而是要像幼兒園老師一樣，一項一項教，試著拜託他們！老公們對『拜託』這一招沒什麼抵抗力。要是做得太過火，微小的不滿往往會變成無法挽回的錯誤。」

老公最不想聽到的話：我們談談吧

不覺得很奇怪嗎？這句話有什麼問題？
三十多歲時，正值我和老公最常爭吵的時期，
當時我們每天都為了這類事情吵架。
每次靠近，跟他說：「我們談談吧。」
他總是不高興地回答：「又要談什麼？」
「我們談談吧」是什麼不好的話嗎？
又不是說「我們生孩子吧」，
有必要這麼敏感嗎？
好幾次因為想化解心結而接近他，
反而造成更大的爭吵。
妳們的老公也是這樣嗎？
所以妳們也都心急如焚嗎？

很奇怪地，男人真的都是這副模樣。

最近，原本很愛鬧脾氣的老公跟我說：

「有空嗎？我們談談吧！」

我則是生硬地回答：

「我很忙，之後再談吧！」

雖然不是刻意要報仇，

這一天卻自然而然地到來了。

我想，妳們的老公以後應該也會這樣，

所以等這時候再來報仇也不遲。

男人年紀越大越像女人，

女人年紀越大越像男人，

因此，把復仇的工具都先準備好吧！

不過很奇怪的是，兒子同樣也是男人，

但我卻很容易忘記他做的那些討人厭的事。

「媽媽」這群女人，看來病得不輕啊！

關於ＡＤＨＤ

我兒子屬於比較好動的小孩，一秒都靜不下來。他總是先扭動身體，然後開始蹦蹦跳跳，不停地扭來扭去，或是翻來滾去。要是制止，他就開始哭，哭得像是天崩地裂一樣。

唉！沒有親身經歷過、沒養過這麼好動小孩的媽媽，肯定是不會知道這些事的。印象中，兒子也曾為了買十萬韓元以上的玩具，躺在百貨公司的地上大哭大鬧，害我急得直冒汗。

會這樣也不奇怪，早在他一出生就有跡可循了。那時候，比我兒子還早出生的嬰兒才喝三十～四十ＣＣ的牛奶，但我們家剛出生的兒子卻不止，因此連照顧他的護士都跑來病房跟我說：

「天啊！妳的小孩喝了一百ＣＣ的奶！」

我原本不太相信，直到自己餵奶以後才真的親眼見識到。他咕嚕咕嚕大口喝奶的模樣，彷彿以前早就喝過不少牛奶。既然喝下這麼多牛奶，那他的力氣要用在哪兒？當然是要靠活動消耗掉嘍。

可不是嗎？成長的過程中，兒子的精力越來越旺盛。我現在就舉一些更具體的例子吧，比方說奶奶把他抱在膝蓋上，坐在車子的後座，他大概只會安靜五秒，然後就從坐著眨動眼睛的男孩，突變成一頭野獸。他不是用身體推擠，直到玻璃窗掉下來為止，就是從後座跑來副駕，或是為了抓住方向盤而胡鬧，然後又像跳B-boy的人一樣回後座……那種感覺就好像在拍恐怖電影或動作片。每當這種時候，要制止他只有一個方法，那就是大喊：

「警察來了!!」

忘記是兒子三歲還是四歲的時候，我曾經跟公司的記者媽媽們一起帶孩子搭飛機，然而就在準備起飛時，兒子突然不見了。當下我嚇得腦袋一片空白，心臟也似乎快要停止了！好端端坐在座位上的孩子突然消失，這根本是電影才會出現的情節不是嗎？他彷彿山神爺爺，在眨眼之間不可思議地消失了。

後來，我們在椅子的下面找到他。他以匍匐的姿勢，在飛機各座位下爬來爬去，最後又爬了回來。我們組的人全都熱烈地鼓掌歡迎他。啊！這種丟臉的事真的很常發生。不過，我並不是覺得兒子讓我沒面子，而是覺得把他養成這樣的自己很丟臉。

不只這樣，別人家的小孩坐手推車出門時，都會乖乖坐著，但我兒子不是，好幾次推著手推車帶他出去，最後卻得背著手推車和他一起回來。我也曾經懷疑他是不是有ADHD（注意力不足過動症），甚至去過兒童精神科的門口無數次。

某天，我大膽地推手推車帶他出門，然而才離家不到一百公尺，意外發生了——我看他好像想從手推車上站起來，還來不及出手阻止，他就已經跌到柏油路上了。意外來得太快，就像天空突然打雷閃電一樣，我顧不得手推車和其他東西，只管抱著他往小兒科衝，並且一邊哭一邊祈禱「拜託至少讓他活下來」。

「看起來是輕微的擦傷，我已經替他消毒了。不用太擔心。」

「他會不會腦震盪或怎麼樣？拍個頭部X光比較好吧？」

「今天要好好觀察他有沒有嘔吐，要是吐了，一定要帶去大醫院。」

我沒有向家人坦白這件事情，因為要是大家知道了，我應該也完蛋了。身負這樣的罪名，我那天什麼都沒做，就只是用鷹眼觀察兒子，彷彿針孔一樣追蹤著他的一舉一動。一整天，我不停流淚。兒子入睡後，我輕輕撫摸著他的額頭和臉頰，徹夜未眠。我非常痛苦，甚至下定決心，要是他吐了，或是有個什麼不對，我乾脆死了算了。

結果，吐的人不是兒子，而是我。因為脾氣控管不好，我整個晚上都在操心、罪惡感、緊張的情緒中度過，最後便嘔吐了。

然後，我不小心睡著了……

「唉唷！唉唷！一大早又開始啦？」

當我在婆婆的喝斥聲中睜開眼時，原本躺在我旁邊睡覺的兒子，不知道什麼時候早已一溜煙爬到玄關，開始搗亂——他正坐在玄關，用嘴舔淨所有鞋子。

玉不琢，不成器。——《禮記》

專家說，孩子耍脾氣或極度散漫時，不要罵他們，而是要想辦法讓他們集中在某件事情上。也就是說，他們建議父母將孩子的視線轉移到某件「愉快的事情」上。說得輕鬆，你們倒是試試看呀！看看是不是真的這麼容易。「孩子會照媽媽的培養方式成長。」要是遇到說這種話的人，我真的很想揍他們，請他們自己來試試看。上帝造人時，失敗的人類都不計其數了，媽媽又要怎麼培養出完美的人呢？

當媽媽以後，撫養孩子時很容易變成笨蛋，以腦袋空空、手忙腳亂的狀態生活。在這種狀態下，我們怎麼可能時時刻刻都做出正確的判斷呢？一手包辦打掃、洗衣服、做飯、整個家庭的大小事，還得有智慧地養育孩子？這些要求會不會太殘忍了？因此，我覺得必須打破孩子做錯事情時，都得由媽媽負責的錯誤觀念。

然而話雖如此，為了矯正兒子散漫的過動行為，我還是試過好幾種方法。以付出的努力與結果來說，其中最有效的方法是「線」。這個方法其實沒什麼特別的，只要在孩子起床後放一條長長的線到他身上，他就會一下把線放到頭上，一下放到臉上，一下又放到腿上，至少可以專注地玩個三十分鐘。

妳們不相信？妳們應該信的！因為我們家的人不管帶兒子去哪裡，都會把線帶在身上。像我要是背著兒子出門，婆婆就會馬上跑過來問：「俊鎬媽媽，線帶了嗎？帶得夠嗎？多帶一點，免得等一下拿他沒辦法。」

不過，這個方法只適用於一歲前，一歲後他根本連線都不看一眼。拿線給一歲以上的小孩，我猜他們應該會做起針線活吧？總之，孩子總是比媽媽技高一籌。

俗話說：「玉不琢，不成器。」養育小孩以後，我發現在雕琢他們之前，必須先雕琢身為媽媽的自己。若不鍛鍊自己的心，是很難扮演好媽媽的角色的。養育一個人……就是這麼沉重的一件事。

第一次上幼兒園的那天

養小孩的過程中，我常常以淚洗面。老公在國外留學，我住在婆家，一面要養年幼的小孩，一面要上班，會流淚也是理所當然的。那段日子，生活就像鐵刷一樣糾成一團，既要賺錢，又要養小孩、照顧家庭，我沒有一項是徹底做好的。

幫忙照顧小孩的婆婆老是把「這簡直是沒有鐵條的監獄生活」掛在嘴上，我每次聽了都很良心不安。我知道婆婆很累，也感到很愧疚，但是聽到這種話還是會莫名不開心。「妳的兒子自己養」，也是我每天會聽到的其中一句話。眼睛因為生氣，瞪得像比目魚；身材因為壓力而發胖，如凍明太魚；皮膚因為保養不當，像乾黃魚……真怕有人記得我當時的那副模樣。猶記去魚店時，我總是嘆著氣，一邊看著魚一邊心想：「這是我！那也是我！」

那時候，我讀了孔枝泳的小說《像犀牛獨角一樣隻身前行》，哭到喉嚨沙啞。書中獨自養育小孩，又得擔心生計的女人問：「有沒有什麼工作是可以邊養小孩邊做的？」

沒有，書裡是這麼說的。

「有沒有什麼工作是可以邊養小孩邊做的？」我也問過周遊世界的空姐三妹一模一樣的問題。

「怎麼會沒有?當然有嘍!」

「是嗎?真的嗎?是什麼?」

「貼娃娃眼睛之類的啊!這樣一來,家裡有很多娃娃,不只小孩開心,又能賺錢。妳說是不是?」

「謝謝妳啊!還真是幫了我大忙!」

最後我選擇的方法是送去幼兒園。雖然他連話都說不清楚、還在包尿布,也才剛學會走路……很多方面都讓我放不下心,但是真的沒有其他辦法了。

好不容易選了一家市立幼兒園,送他去上課的第一天,那景象我一輩子都忘不掉。因為需要適應期,幼兒園說先讓小孩待一個小時就可以來接他了。然而,當我牽著他的手進去時,他似乎察覺到了,瞳孔開始不停閃爍,緊緊黏在我的腿上,怎麼也不願分開。我先是試著哄他,最後只能像撥蟲子一樣把他撥開,哭著轉身離開。

那一小時,我靠在幼兒園大門旁的柱子屏息哭泣,兒子則維持在操場上滾來滾去的狀態,說什麼也不肯進去,聲嘶力竭地哭喊著:「媽媽!媽媽!」哭聲之大,彷彿迴盪整個社區。連哄帶騙的老師或許也累了吧,最後乾脆放任他哭。當時我靠在牆上偷偷哭泣的樣子,應該很像拋下孩子逃走的媽媽,精湛演技足以演出一部電影。

一個小時後，我又重新走進那扇門，滿身是汗的兒子哭著跑向我，一邊喊著：「媽媽！」

我想，這堪稱熾熱重逢的最佳寫照吧。

「馬……麻，討厭！」

是啊！兒子，媽媽也討厭自己。

兒子抱著我的脖子，不停地說：「我討厭媽媽！」但我沒有回他話，只是哭著心想：「可惡，活著真是太折磨人了！」根本沒有能力安慰他。

就這樣他哭，我也哭，每天早上都像在拍電視劇一樣，讓人筋疲力竭。一直到他終於不哭，肯乖乖地去上幼兒園，總共花了三個多月。不過，雖然好不容易適應了，他還是會耍賴，每次穿上黃色衣服、背上黃色包包以後都會說：

「我不要去！我不去！」

雖然現在回想起來，那不過是人生的必經過程之一，但我當時真的非常絕望和自責。現在，或許也有別的媽媽正在經歷這段時期，跟我一樣靠在牆壁上，咬著手哭泣。我想告訴妳們：「沒關係，一切都會結束的，這段苦澀的時光很快就會過去了。」

若過於擔心未來與現在，
人生便沒有活下去的價值。——威廉．薩默塞特．毛姆

該怎麼養小孩？怎麼做才是正確的？

養育孩子時，我每天都在擔憂中度過，也無數次下定決心，如果還要再生小孩，那我絕不工作；如果要繼續工作，就絕不生小孩。

之所以會產生這種想法，是因為我不希望把小孩養成一個對未來感到不安的人。而且，我不知道自己現在有沒有扮演好「媽媽」的角色，也不確定孩子是否好好成長，因此總是折磨著自己。

這份決心，可以算是貫徹了，因為我現在仍在工作，也沒有生第二個孩子。

等孩子長大成人，我才發現其實不用過於操心。這個世界雖然混亂，令人無法放心，但總不能每天都戰戰兢兢、坐立不安吧？事實上，孩子的成長往往比我們想像的順利。只要抱持信任，相信他們一切都會很好，他們就會長得更好。就學英雄們的母親養育孩子吧！

媽媽，這戒指是我們兩個人的祕密

「傻鎬的媽！妳知道妳兒子今天買什麼送我嗎？」

「什麼？」

「他買了小黃瓜。小！黃！瓜！」

「小黃瓜？喔！媽，他真的很好笑耶。」

「不好意思的是，他說沒有買媽媽的份耶！妳一定很吃味！」

「呃！太過分了吧？」

某天，正值我在採訪和拍攝，感到疲累時，婆婆打了電話來，她的聲音如銀鈴般清脆，我猜想她是不是遇到了什麼好事，結果不出所料——她得到了孫子的大禮，而且還是小黃瓜！到了夏天，婆婆總是做醃小黃瓜、黃瓜泡菜……每天都跟小黃瓜形影不離。或許是注意到奶奶這個樣子，聽說兒子回家時兩手各拿一條小黃瓜，樣子十分威風。

事情是這樣的，那天幼兒園舉辦了市場遊戲之類的活動（類似義賣會的形式），要求學生從家裡準備一些東西，於是我們讓他帶了幾本書去，小黃瓜應該就是從那裡拿到的。

但是我內心有點不是滋味。一開始覺得他很可愛，明明手上是小黃瓜，卻像是拿了暗行御史的馬牌回家，所以我笑了。但是隨著時間過去，我開始覺得不高興。奇怪，這傢伙真過分，竟然說沒有媽媽的？他怎麼可以這樣對我？難道我比不上奶奶嗎？還有，婆婆用那種「妳活該」的語氣刺激人，也讓我覺得很討厭。這樣不行！我得採取行動！

下了班，我一臉喪氣地回家以後，輕輕撥開一邊叫「媽媽」，一邊跑來玄關的兒子，對他的招呼愛理不理，逕自走進房間。他帶著狐疑的眼神追了上來，但我裝作不知道。那天，我沒有唸書給他聽，也不跟他對看，聊一天是怎麼經過的。我要讓他徹底知道，害媽媽難過會受到什麼懲罰。

因為跟我講話，我都不理他，於是他就像一隻想大便的小狗，一直到睡前都不停在我身邊徘徊。那樣子既好笑又令人心疼，因此途中我也想過乾脆笑著讓這件事過去，但是既然已經開始演了，就不能隨便停手，於是我繼續忍耐著。

然而那天晚上，兒子梳洗完、刷好牙，換上睡衣進房後，遞給了我一個東西。

「媽媽，那個……」

「……」

「我幫媽媽買了禮物。」

「禮物？真的嗎？」

我的雙眼為之一亮！是寶石戒指——塑膠戒環上鑲著紅色珠子的美麗戒指！因為愧疚和感動，

我差點就要哭了。等一下！那他為什麼不說，害得我誤會他？

「可是……這件事要對奶奶保密，因為我跟奶奶說沒有買媽媽的禮物。」

「為什麼？為什麼這麼跟奶奶說？」

「買給奶奶小黃瓜，可是買給媽媽戒指，我怕她會生氣。」

「喔！天啊！我的兒子～謝謝你！啾～」

「所以，這戒指是媽媽跟我兩個人的祕密。知道嗎？」

這戒指是祕密，是你我之間的誓言。我和兒子勾勾手指頭，立下了約定。將戒指套到我的手上後，兒子靜靜地睡著，我則是盯著他看了好久好久。幸福如同嬰兒爽身粉的微香飄來，讓人久久沉浸在其中。然而，戴著戒指躺在床上的那晚，我心想：「因為這只戒指，看來我一輩子都要被你綁住，像婢女一樣奉獻自己了啊！」

果不其然，那直覺並未出錯。

Says & Think

真愛之路，往往荊棘滿途。——莎士比亞

戀愛時，「曖昧」其實是一件很消磨體力的事情，會使人身心俱疲。相愛的過程中，應該憑感覺行動，依照腦中的想法表達，想到什麼說什麼，彼此才能輕鬆一點。然而我敢保證，生了小孩以後，「愛」的這條路比曖昧時期更苦，根本無法相提並論。假設愛老公所付出的熱情是百分之十五，不管生的是女兒或兒子，對子女付出的愛肯定都超過百分之一千五！

即便如此，媽媽們還是願意這麼做。明知荊棘滿途，仍欣然前行、樂於奉獻自己，連腳底流血了都不知道。媽媽有時雖然因為孩子而感到痛苦，但是那熾熱的愛從不止歇，赴湯蹈火也在所不惜，沒有什麼能阻擋她們。

這就是媽媽。

當媽媽以後才會成為真正的大人，這句話說得真對。

辣泡菜鍋和平淡的黃豆芽湯

「媽媽，我跟妳說喔，妳不在的時候，我連大便裡面都有泡菜。奶奶每天都煮泡菜鍋，要是我說膩了，奶奶就改煮黃豆芽湯。我不喜歡那個，真的好不想吃……不過有妳在真好！我好高興！因為媽媽每天都做好吃的東西給我吃，真的很棒。對吧？媽媽~妳可不可以就住在家裡？不要去上班好不好？」

因為媽媽難得休假而備受呵護的兒子，用變得像月亮一樣圓的白皙臉龐這麼問。我沒有回答，只是盡可能準備有肉的飯菜給他吃，並抱著他睡覺。

那一個禮拜，我年幼的兒子是世界上最幸福的小孩。

偷溜出去的兒子

「俊鎬的媽!!糟糕了！妳兒子不見了，才一眨眼的工夫他就跑了出去，我已經在這附近找了三個小時，還是沒看到他。這到底是怎麼回事啊？」

接到這通晴天霹靂的電話後，我立刻從公司趕回家。事情是這樣的，婆婆說她上完廁所後，發現小孩不見了。她拍著地板哭泣，我則是到遊樂場、幼兒園、幾戶朋友家找人，然後到派出所求情，請警察幫忙找小孩。

開著白車的巡警大哥們，來家裡問了幾個問題，便說要到附近巡查看看。而無能為力的我，只能淚流滿面地在家門前徘徊，不停喊著兒子的名字。要是他真的不見了，那乾脆讓我也消失在這個地球上算了……就這樣，一點幫助也沒有的想法持續在腦海裡發酵。

不久後，婆婆光著腳跑出來叫我，說是影視出租店打了電話來，要我趕快去接電話。

「我覺得好像是你們家的小孩。應該是叫俊鎬吧？他已經在這裡待三個小時了。」

對！影視出租店！我怎麼會忘記，沒想到要去那裡找呢？當我姍姍來遲跑到影視出租店，發現那個孩子的確是俊鎬沒錯。我大聲喊叫，一把抱住他，哭了好一陣子。兒子一臉茫然失措，老闆也一副緊張的樣子。

冷靜下來以後，我看了看他，才發現他的樣子實在太可笑，不只身上穿的T恤反了過來，還拖著簡直快跟他一樣大的爸爸的拖鞋，站在影視出租店的展示台前。真是被他打敗了！我噗嗤一笑。

兒子很喜歡動畫電影，每次去影視出租店，總是非常入迷。他雖然還看不懂韓文字，卻很固執，非得自己一片一片拿出來看才高興，絕不肯讓媽媽替他選。一般來說，他選一部片得花一小時。我常常感到好奇，明明看不懂名稱，他選擇的標準到底是什麼？

其實我大可硬拖著他回家，但是我認為即便年紀還小，也不要剝奪他按照自己的想法決定的欲望，所以並沒有那麼做。因為抱持這種想法，我常常在一旁靜靜等他一個多小時。

「你為什這樣？怎麼沒跟奶奶說一聲就跑出來了？」

「奶奶說天氣很熱，叫我乖乖別動。」

「所以你就逃跑了？」

「嗯。」

「連衣服都穿反了，看來你真的很急啊！」

「媽媽，衣服是拿出來以後才穿上的。」

「做得好，做得好。做得真~好！那鞋子呢？你穿這雙鞋走到這裡，很累吧？」

「嘻嘻嘻！這是爸爸的鞋子。」

「你想看動畫電影？」

「嗯，家裡的已經看過幾百次了啊！」

我緊緊牽著孩子的手回家，此時嗡嗡作響的警車已經停在家門前。我點頭賠罪好幾次，說小孩找到了，真的很抱歉。在一旁的兒子則是放聲大哭，說自己錯了，不要把他抓走。看來他雖然還小，也意識到這麼做是不對的。

「你這傢伙！下次如果再不說一聲就不見，到時候我真的會把你抓走喔！」巡警大哥很識趣，嚇唬了孩子以後離去。

從此以後，兒子再也沒有偷跑出去。

人只要有機會就會做壞事。——亞里斯多德

跟偷跑出去的兒子差不多年紀時，我也跟他一樣，曾經背著媽媽溜出門。我至今仍清楚記得那件事。當時，我們去伯母家，大人們正在打招呼時，我趁機跑了出去。出來後，我只是沿著那條路一直走，途中發現一戶人家沒有關門，便走了進去。

院子裡，有一個大叔正在曬衣服。

「妳是誰家的孩子啊？」我記得大叔是這麼問的。

「我是金秀旻。」我回答。

然後，我說我餓了，大叔便說吃完飯再走吧。就這樣，我和初次見面的大叔兩個人一起烤秋刀魚，還吃了一整碗的飯。吃完飯，大叔把我背在肩上，帶著我去派出所。到派出所時，媽媽和伯母已經在那裡了。我記得媽媽哭了，她一面哭一面打我的屁股，打完以後又抱著我嚎啕大哭。

寫這篇文章時，我猛然想起那件事。現在這世道，事情要像那樣落幕根

本是在作夢。如果那件事發生在現在，那位大叔有一半以上的機率是壞人，而我很可能會被利用來乞討，或是被賣到沒有小孩的家庭。我決定不再往更可怕的方向想。總之，媽媽做事如此不經大腦，遺傳了媽媽基因的兒子，他不莽撞的機率肯定是非常低的，不是嗎？

有句話說「人只要有機會就會做壞事」……兒子長到二十多歲以來，不知道背著我做了哪些壞事？而我又瞞著爸媽做了多少不應該做的事情？為兒子焦心的時候，只要想想媽媽就可以了——想想媽媽過去為了我有多傷神。

大家都是這樣過日子的，都是這樣成為大人、成為父母的。因此，不必太焦慮也沒關係。要是妳家的孩子老是讓妳擔心，像我一樣接受聰明巡警大叔的幫助，也不失為一個好辦法吧？

夫妻吵架後，兒子說：「我會保護媽媽。」

我承認自己是個討打的人。不只是我，我們家四個女兒都這樣。套幾句那些想教訓我的人的說法，「小不隆咚一個，膽子有夠大。」「比一顆拳頭還小，真不怕死。」我想，這種性格應該來自媽媽，才會生出來的四個丫頭都是一個樣吧。

學會開車後大概半年，我曾經跟公車司機軋車。當然，不對的人是他，所以我才會忍無可忍地在每條路口擋住他的去路。司機大叔氣炸了，紅燈時飛快跳下車，從敞開的車窗伸手進來揪住我的衣領。我很害怕，卻裝作若無其事，下巴抬得跟天一樣高，和他槓了起來。最後，是公車上的幾位乘客下車阻止司機大叔，我才平安度過危機。但那時候，救了我的某位中年男子一邊攔司機，一邊對我說：

「大嬸，妳個頭比一顆拳頭還小，怎麼這麼放肆啊？」

那時候我才知道，原來自己比一顆拳頭還小。

某次上班途中，從我們家附近的路口開始，一台年輕人的車一直擠過來，讓人很是火大。於是，我不顧一切地跟車，當他「轟」的一聲用力踩油門，我也跟著「轟轟」猛踩；他如果開S型形，我就開W形追他。就這樣追啊追，追到了汶山的某個地方，我不小心追丟了那台該死的車。那時，我才發現時間已經過了好一陣子，都快中午了。最後，我的追逐戰以失敗收場，還因為上班遲到被罵了一頓。後來才聽說我英勇事蹟的編輯局長這麼說：

「小不隆咚的女孩子，膽子還真大！」

總而言之，像我這種討打的個性，對跟我一起生活的男人來說當然也是一樣。相安無事個幾次以後，最後一定會惹惱對方，導致兩人吵起來。而且，當時老公認為自己因為我而錯失留在日本成為學者的機會，我們倆的關係並不是很好，光是雞毛蒜皮的小事，我們也會拿來吵，互相攻擊。

記不得那天為了什麼事情吵架，總之我們為一點小事爭吵，然後我又開始自討苦吃。只要一句「算了」，然後閉上嘴巴就能解決的事情，我卻踮起腳尖、抬起下巴，挑釁人高馬大的老公：

「唉唷！再這樣下去，我看你會出手打我吧？」

「夠了。嗯？」

「怎樣？你就打啊！打打看啊！打完我們就結束啊！」

我知道老公是不會動手的人，所以氣燄高張地挑釁他，然而就在那一瞬間，「砰」的一聲，老公打破了某個東西。

我記不得他是用丟的還是用捶的，總之玻璃破了，家裡頓時成為戰場。那時候婆婆雖然外出，但是兒子在家，聽到他突然哇哇大哭的聲音，不懂事的我們才重新找回理智。

「沒關係，沒關係，什麼事也沒有。不要哭了，傻鎬。」

我急急忙忙跑到客廳，看見兒子趴在沙發下面，兩腳踢來踢去。

「爸爸……打了……媽媽。嗚～」他哭著說。

我說，沒有，爸爸絕對沒有打我，你看媽媽就知道了啊！我沒有受傷，是爸爸不小心把玻璃瓶弄掉了……

呼～祭出各種謊話和花言巧語，好不容易才說服了他，讓他停止哭泣。那時候，他像金龜子緊黏著我，輕輕撫摸我的脖子、牢牢攬住我。他直盯著我看，然後在還沒完全鎮靜下來的狀態，一面顫抖一面小聲地對我說：

「媽媽，不要擔心，我會保護妳。」

因為這小傢伙的一句話，我得意洋洋了起來，比千軍萬馬前來支援更令人感到踏實。

之後，我常常心想，兒子！你以後要是裝傻不遵守約定，可有你好受的喔！

跟媽媽一樣「小不隆咚」「比一顆拳頭還小」的兒子，之後真的守護了我大概一個月。只要老公聲音稍微大一點，他就會像老鼠一樣快跑過來，兩手扠在腰上大聲地說：

「爸爸！你想被罵嗎？你要是一直欺負媽媽，我要叫警察叔叔嘍！聽到了沒?!」

Says & Think

如果孩子不認為家是溫暖的地方，那是父母的錯，是父母不稱職的象徵。——華盛頓．歐文

有時候我會問自己，對兒子來說，我們家是溫暖的嗎？我有沒有為他打造出這樣的家？

小時候，我的家庭並不溫暖，每次好像要變得溫暖時，不是米沒了，就是有債主找上門。身處這樣的貧窮環境，爸媽時常起口角，偶爾媽媽還會離家出走三、四天。

回想那段時光，坦白說，我常常覺得擔憂。為了不讓我的小孩也感受到那種恐懼和不安，我總是努力當一個愛開玩笑的開朗母親。不過……儘管努力裝出開朗的樣子，傷心時還是會哭泣，不高興時也會發脾氣。

幸好，兒子似乎打從心底認為自己是充分被愛的。小學時，他好像接受過人格測驗之類的測試，分析表上顯示他對於家庭沒有任何壓力。我鬆了口氣。孩子們沒有想像的那麼懵懂，即使夫妻偶爾吵架，他們好像還是能分辨爸爸和媽媽是真的互相討厭，還是只是裝出來的。

「爸爸……打了……媽媽。」那天兒子哭著這麼說以後，開始扮演「媽媽守護者」的角色，讓老公覺得很不是滋味，我則是在一旁幸災樂禍。

多虧有這樣的兒子，我們夫妻倆總是盡最大的努力，希望不要在孩子面前吵架被發現。當然，我們還是會吵架。夫妻怎麼可能不吵？孩子動不動吵架，大人不吵架才奇怪吧？只不過，我們會盡量在他睡覺的時候小聲地吵，或是乾脆到外面去偷偷吵。

有時不免還是在兒子的面前起了爭執，然而，不知道從什麼時候開始，他不再說要守護媽媽，而是開始咂嘴：

「爸爸媽媽，你們不要再吵了，不然我要跟奶奶告狀嘍！」

說要保護媽媽都還沒過一年，看來他完全忘記這個約定了。

這小子！太過分了吧！

給養育兒子的媽媽們的性教育X檔案

從小替他把屎把屎的兒子，不知道從什麼時候開始，上廁所會把門鎖起來，看到電視上出現脫光光的女生，就會說：「唉唷！真是的～啊！」一邊滾來滾去瞎折騰。除此之外，每次叫他換內衣褲，他也會要我出去。

「媽媽很奇怪，好像對我的小雞雞很有興趣。」

「你這話是什麼意思？」

「每次換褲子，媽媽的手都會碰到。我自己穿就可以了，媽媽幫我穿很奇怪啊！」

「哈哈哈！喂！你這樣對媽媽也太過分了吧？你的小雞雞是媽媽給你的耶！」

「但是它現在是我的啊！」

也對……這小傢伙畢竟也是個男人。其實很久以前就有徵兆了，在他還沒兩歲的時候，我曾經看到他的小弟弟在早上微微翹起來。當時我內心默默覺得太好了（？），跟婆婆悄悄一起共享那個景象。真是陰險的兩個女人。

兒子向來很吵，有時候覺得怎麼這麼安靜，偷偷靠近一看，才發現他正在把玩自己的小弟弟，小弟弟還因此翹起來。有兒子的媽媽應該都知道，那樣子其實滿可愛的。當然，另一方面我也很害怕他會不會變成一個太色的小孩。

等到他開始會說話以後，還曾經直接問我：

「媽媽，看到電視上的阿姨穿泳裝，小雞雞就變大了耶！」

「媽媽，為什麼摸它會變硬？小雞雞會動嗎？」

嗯……因為實在是太久遠的事，記不太清楚詳細的情況，但是當時的我算是給了相對老實的答案。

「那是因為開心啊！小雞雞很誠實，心情好就會變大，告訴你『我現在心情很好』，一點也不奇怪，很正常。」

「是嗎？那媽媽也會這樣嗎？」

「當然，只要是人都會這樣。每個人都是。」

「可是媽媽沒有小雞雞啊！妳哪裡會變大？」

「哦？嗯……是啊……媽媽沒有……小雞雞。所以媽媽……」

「啊！我知道了！媽媽的ㄋㄟㄋㄟ會變大！男生的雞雞會變大，女生的ㄋㄟㄋㄟ會變大！我說得沒錯吧？」

呃！#&%^^#*##!!兒子的反應太快，讓人啞口無言。總之，多虧從小就盡可能地以開放的心胸教導他與性相關的知識，所以他似乎還滿早熟的。就這樣，他順利地成長，不管是身體、心靈，或者是小弟弟！

然而，原本弱不禁風的兒子到了小學三年級時，身上開始長肉，變得有點胖。每次我擔心兒子太胖，婆婆就會罵我：

「欸！別管他。最近的年輕媽媽真是什麼都不懂，小孩發育時長的肉，之後都會轉換成身高啊！嘖嘖。」

有了奶奶的支持以後，兒子不知不覺間直逼摔角王的體態，讓我非常擔心。

「我有話想跟妳說……妳最近看過妳兒子的小弟弟嗎？」有一天，婆婆用非常嚴肅的表情跟我說。

「咦？小弟弟嗎？沒有，怎麼可能看到？他又不讓我看。」

「唉唷！我就知道，我就知道。真是傷心死了！」

婆婆說兒子的小弟弟變得很小——孫子出生時身材結實，她一直覺得很驕傲，可是最近偶然看到他洗澡出來，發現他的小弟弟變得比辣椒還小。

我原本想要一笑置之，但是婆婆的表情有點嚴肅，於是我也跟著擔心了起來。那天晚上，我們兩個女生決定趁兒子睡著後辦一件大事。

「怎麼樣？我說得沒錯吧？」

「嗯……真的耶！怎麼會變成這樣？」

「這樣的話……有辦法做男人那檔事嗎？」

「這個嘛……現在應該還沒辦法保證。」

「沒錯吧？唉唷！我看也是……這到底該怎麼辦才好啊？」

雖然現在將這件事寫成文章以後，看起來很搞笑，但對我和婆婆而言，那確實是非常大的危機（而且婆婆對孫子的期待非常高，所以態度更是認真）。最後，我甚至發揮記者的精神開始打聽醫院。那時，我正好和一個後輩女記者坐對面，她也有一個跟俊鎬同年紀的兒子。我把狀況告訴她，詢問她有沒有認識的醫生。

「哈哈哈！姊姊！跟我一樣。我已經帶我們家小孩去看過醫生了。」

「真的嗎？醫生怎麼說？是最近小孩的流行病嗎？」

「妳兒子變胖了吧？突然變胖？」

「嗯，沒錯！這一、兩年胖超多。」

「肚子也跑出來了吧？」

「沒有錯！」

「這就是問題所在。因為肚子太大，小弟弟被脂肪蓋住了才會這樣。醫生說不用擔心啦！哈哈哈！好好笑。原來養兒子的家庭都一樣啊！」

從那天以後，每次兒子想吃第二碗飯，婆婆就會箭步跑過來搶走他的碗。

「欸，別再吃了！聽說發育時吃太多頭腦會變笨。聽到沒？」

天地萬物，我的身體最珍貴，
而這副身軀是父母賦予的。——李珥

為了教導兒子我自己也不是很懂的性教育時，我總是叨叨絮絮，而其中的核心重點在於「你的身體是這世上最珍貴的東西」。我也告訴他，以後如果有喜歡的女生，必須好好守護她的身體。這些都是小時候媽媽常對我說的話。

大概四、五歲時，我曾經跟同年紀的遠房親戚玩起互看彼此身體的遊戲。他是個小男生，我們兩個偷偷跑進房間，把衣服脫光光，我看看他的身體，他也仔細觀察我的身體。我們觀察著彼此相似又有所不同的身體構造，有時還會伸出手觸碰看看。玩到一半，媽媽發現了。然而，她沒有露出慌張的神情，也沒有罵我們，反而是笑著問：

「怎麼樣？長得不一樣吧？男生和女生不一樣，對吧？」

養育兒子時，我常常覺得媽媽是個很開放的女人。像她這樣的平凡女性，明明學識跟別人差不多，到底是從哪兒學來這麼棒的性教育方式呢？我雖然也有樣學樣，卻經常感到慌張和臉紅呀！

不要求他讀書的勇氣

「妳對他有什麼看法？」

「媽，妳在說誰？」

「妳兒子呀！他下個月就要去上學了，這可怎麼辦啊？連韓文字都還不會！別人家的小孩不只會看韓文字，都已經會寫字和英文了……妳看看他，一本書裡面不會的字超過一半。我真是煩惱到飯都吃不下了。」

「沒關係的，媽。去學校就會學韓文字啦！不會韓文字還是可以唸書呀。他很快就能學會的。」

「很快就能學會的話，那他為什麼現在都還學不會？嘖嘖嘖！這是身為記者媽媽該說的話嗎？隔壁的媽媽每天陪小孩讀書，妳都在做什麼？天啊……我是誰啊……我在家鄉平壤可是出名的菁英耶！我的孫子目不識丁還像話嗎？真是丟臉！」

那時候，因為兒子即將上小學，我替他買了書包、衣服、文具用品，處於有些興奮的狀態。當然，我也跟婆婆有一樣的疑慮，但是就算我積極訂購了各種講義（包括「紅筆」

「Kumon」……），兒子總是要小聰明躲掉。每當碰也不碰的講義越堆越多，他都說：「明天我會全部做完。」然而到了明天，又會有新的講義出現，澆熄他原本熊熊燃燒的意志。

說實在的，能主動學習的孩子有幾個？講義這種東西，不都要媽媽拿棍子在一旁伺候，小孩才肯寫嗎？在雜誌社工作，多半是今天上班，隔天才能回家，想要在家教小孩根本是天方夜譚。但，我又不能為了要他寫講義而辭職，因此也不能把責任都推到他身上。

最後我乾脆中斷他所有學習。反正講義也不能拿來當衛生紙，根本沒有任何用處；而且他老是把寫都還沒寫的試卷撕破，拿來做船或是飛機，又或是摺成紙片後打紙片，我實在是忍無可忍了。

就這樣糊里糊塗地過了幾年，兒子在連韓文字都不會的狀態下入學，成了我們這一區為數不多的稀有孩童之一。因不安而顫慄的我，想出了一個對策，那就是「找專家」。於是，我做了「早期教育，這樣也沒關係嗎？」的企劃，並為了搜集相關資料，去拜訪韓國幾位家喻戶曉的大學教授。

「我是這麼想的，澆熄小孩學習意志的人不是別人，正是媽媽。學習，必須在好奇的狀態下進行。一個人必須有學習的念頭，才會主動學習；然而，還沒產生這樣的念頭以前，就急著要他們學韓文字、英文、數學，是會把求知慾給消滅掉的。我希望媽媽們可以給小孩一點空間，這麼一來，有一天他們一定會自動自發地開始學習。早期教育熱潮？那是很危險的一件事，反而會在早期就摧毀小孩的可能性。」

喔耶！得到了充滿曙光的答案！依照這位厲害的教育學者所言，我算是不錯的媽媽——不要求孩子讀書的媽媽！

既然都問了，我出於私心又問了一題：

「三月正值小孩入學的時期，媽媽們都很好奇……小孩還不熟悉韓文字的話，去上學沒有問題嗎？」

「那當然嘍！學校教的就是韓文字。只是媽媽們性子很急，都自己先教小孩，導致小孩上課時間沒辦法專注。已經會的東西，誰還想要再學一次呢？我衷心希望媽媽們不要為了韓文字和英文，剝奪他們所有的玩樂時間！」

「對吧？是這樣吧？老師不會因為小孩不懂韓文字，就瞧不起小孩吧？」

「即使用逼迫的手段也好，現在的媽媽都要求小孩讀書。但，妳知道怎樣才算是真正勇敢的母親嗎？那就是小孩不想學的時候，懂得尊重他們的媽媽。也就是說，不要求小孩讀書的媽媽，才是真正勇敢的媽媽。長遠來看，肯定有一派媽媽會同意我的話。」

於是，我以「勇敢媽媽」之姿，理直氣壯地送兒子上了小學。然而，入學後大約兩個月，結果非常悽慘，他的聽寫大多游移在三十幾分，有時要是得到五十分以上，就會把考卷貼在額頭上，以資優生的姿態威風凜凜地回家。

在這樣的情況下，有天兒子向我吐露了可怕的心聲：

「媽媽，我想開計程車或是做生意。」

「做～生～意？為什麼？你不是說要當科學家嗎？」

「我不會韓文字啊！老師說不會韓文字的話，沒辦法讀書，也沒辦法成為科學家或聰明的人！」

「真的嗎？老師這麼說？」

「嗯，我想過了。雖然不會韓文字，但我很會算錢，所以我想做生意或開計程車。我應該很會找錢，對吧？」

那位韓國頂尖教育權威所說的話，我一直到很後來才深刻理解。原來當一個不要求小孩讀書、給孩子自由的媽媽，真的需要非常大的勇氣。以結論來說，我選擇了當勇敢的媽媽……但是要完整得到那份勇氣，我花了十年的時間。而且，那並不是自發性的勇氣，而是因為忙著維持生計，不得不選擇的卑微勇氣。

我們知道我們的現在，
但不知道將來會變成什麼樣子。

——莎士比亞

「嘿！都別笑了！雖然我現在這樣生活，但你們以為我會一直這樣嗎？」結婚生小孩以後，我抱持著這樣的信念，總是自信滿滿。沒錯，那正是弱勢者的自尊，明明沒人說什麼，卻常常感到莫名的不愉快，甚或因為生氣而緊咬嘴唇，然後下定決心：「我有天一定要過好日子！」

在兒子成長的過程中，那沒出息的自尊心被消磨掉了。以母親的身分生活，是一種嘗遍酸甜苦辣的人生課題，會讓人自然而然變成這副模樣。如大人所說的，孩子真的不會按照我們的意思長大，而是會依照自己的意思長大。雖然不曉得是不是只有我們家的小孩這樣，還是其他人的小孩也這樣，但我兒子絕不做自己不想做的事情。因此，在他成長的過程中，別說早期教育了，我連適時教育、私人教育都沒辦法要求他，就只是讓他盡情地玩。我敢說，要忍耐這樣的孩子，比修道還要困難。

然而，當兒子長成一個大男孩，回首過去我有一個想法，那就是不論是自發性的，或是因為忙於生活而這麼做，「尊重孩子的意願」的確是對的。當孩子意識到媽媽對自己採取放任狀態，即使稍微比別人晚，卻會開始主動學習。

讓我們把眼光放遠一點吧！縱使現在只有五十分、六十分，但是誰知道光榮的全科滿分會不會在某天到來呢？來日方長，只要鼓起「順其自然」的一點點勇氣，小孩和媽媽都會過得更快樂一些。

七月十七日解救護照事件

發現用讀書來決勝負有點勉強以後，我改變了兒子的教育方針。當別人在讀書時，他不是在玩就是到處觀光，也看了很多動畫電影……我認為就算把他綁在書桌前，也不過是浪費時間而已，因此採取這種養育方式，希望他不管做什麼，都能從中感受到樂趣。

首先，我到附近的租書店和影視出租店（那時候很流行這種店家）先結好帳，讓他可以盡情借書和影片來看。到了小學三年級，我們成了出租店的超級ＶＩＰ，已經把店內的清單一掃而空。

我曾經送他去英文補習班，但是他太抗拒，所以只上三個月，我就帶他離開了。我覺得他既然不想學，不如作罷。他也學過鋼琴，好不容易彈到拜爾了，卻又興致缺缺，於是我也不勉強他。我沒有帶他去看過美術補習班，也從沒提過教授學校課程的補習班。到了這步田地，就算去遊樂場也沒有朋友，或許是不想要一個人玩吧，最後他開始不停地看書，自己學會了速讀。

對了！我也常常讓兒子旅行，而他最常去的地方是加拿大。由於大伯一家人移民到加拿大，讓他享有這種特殊的經驗，可以每一、兩年就去一次加拿大。有時跟奶奶一起去，有時跟表哥一起去，運氣好時則是全家一起出動。

不過，雖然去了加拿大，但我並沒有讓他趁放假時上短期英語課程。他頂多算是去大伯家玩耍，或是跟姊姊一起去外面玩樂，一面看看外國人，或是比其他小孩早搭飛機而已。一開始他還會吵著說不想去，但去了一、兩次以後，他也開始喜歡去加拿大了。

說到加拿大，我想起了一件難忘的事。那是發生在兒子小學一年級的暑假，當時他正準備在沒有大人陪同的情況下，和國中二年級的表哥一起去加拿大。婆婆為了這件事責備我和小姑，一直說我們實在太狠了，怎麼膽子這麼大，敢讓兩個年紀輕輕的孩子自己去。我絲毫不為所動，畢竟想要鍛鍊出男子漢，這是必要的手段。老公也支持我的做法，誇下海口說要幫忙辦護照。

終於到了出發的當天，兒子一大清早就起床，小碎步走來走去。

「媽媽，水準備好了嗎？」

「沒有啊！」

「我要搭那麼久的飛機，媽媽怎麼可以不幫我準備水？」

「兒子，飛機上有很多水。」

「那便當呢？我討厭餓肚子。」

「呵呵呵。」

「媽媽在笑什麼？不要笑了，便當一定要準備啦！對了！因為會想尿尿，還要帶大的瓶子。」

兒子因為滿心期待而嘰嘰呱呱，我簡單地告訴他坐飛機的相關事項後，正準備出門時，說要早一點出發，不要急急忙忙的老公，已經站在玄關。

「俊鎬媽，護照帶了嗎？把護照另外放在小包包吧！」

聽到婆婆的這一句話，我突然頭皮發麻，老公則是臉都綠了。

「啊！我還沒去拿護照！」老公晴天霹靂地大喊，兒子看到爸爸這樣也嚇得臉色發白，開始坐立不安。距離起飛時間剩三個小時，護照還在大門緊閉的區公所護照科，偏偏那天剛好是七月十七日——當時制憲節還是國定假日。

那是我這輩子第一次也是最後一次借助「權力」解決事情。我們動用所有人脈去找有地位、有權勢的人，請人幫忙把被囚禁的護照千鈞一髮地救了出來。兒子哭得全身都是汗和淚水，送他上飛機後，我雙腿無力地癱坐了下來。老公把我扶起來，在機場大笑，並從鼻子吐了一口氣：

「怎麼樣？看到了吧？妳的老公就是這種人，假日也可以拿到護照！所以說，妳可別小看我啊！哈哈哈哈！」

其實，我內心期望兒子是個很會讀書的孩子，但是並不奢求。我以前是個不讀書的學生，愛閱讀勝過讀書，不上課去參加文學比賽就很開心。我這麼不喜歡讀書，如果硬要兒子讀書，總覺得不太公平。

但，除了讀書以外，我希望兒子可以做一些比讀書更重要的事情，那就是「累積經驗」。我想要他多去嘗試和感受、觸碰，並養成獨立思考的力量。即便我們能做的有限，但是盡量讓他玩、讓他去旅行、看動畫電影，都算是我教育的一環。我不知道自己做得對不對，畢竟我的兒子仍是現在進行式，而且不論他或我，都還不知道他未來會走上哪條道路。

這裡另外再跟大家說一個插曲！去了大概三次加拿大以後，我們曾經全家人一起踏上旅途。那時，我內心期待著：「他應該可以用簡單的對話和外國人打招呼了吧？他現在已經有這樣的膽量了吧？」於是，大家一起到加拿大市內的漢堡店以後，我要他試著點餐。

把錢放到小小的手掌上，為他加油打氣以後，我叫他去幫忙點餐。然而，過了好一陣子，他都沒有任何消息，於是我到櫃檯一看……天啊！他竟然還沒去櫃檯，就只是自己靜靜地站在角落練習。

「Hamburger, please. Hamburger, please……」

Says & Think

爸爸常跟我和哥哥在院子裡玩，
媽媽總說：「你們在破壞草地。」
爸爸則會回答：
「我們養的不是草，我們養的是兒子！」

——哈蒙．基爾布魯

我的兒子個性很小心，從他很小的時候就是這樣，不論做什麼，除非是擅長的事情，否則都不願意做……然而，我一直誤會他，以為他是因為懶惰、貪玩、討厭讀書、愛耍小聰明，才會選擇逃避。

自從看到年幼的他為了點漢堡而努力練習，我有了一些改變，變成一個不硬性要求他做不想做的事的媽媽。雖然這對我來說也不是一件容易的事，但我總覺得媽媽出於私心的「逼迫」，可能會對孩子造成傷害。

之所以會這麼想，還有一部分是因為自責——我認為是「我」把孩子變成這樣的。怕他受傷、哭或害怕，導致他學會躲避各種冒險的行為，這點是我無法否認的。

有人說兒子尤其需要爸爸。沒錯，我承認，媽媽過度小心確實可能讓孩子變得退縮。然而，每次老公對兒子的要求稍微過分了一點，我就會立刻衝上去大驚小怪地說：

「你為什麼要這樣？要是我們兒子受傷，你要負責嗎？」

即使想擺出「大方的媽媽」的姿態，但媽媽終究是女人，要養出勇敢的小孩的確不容易。想要孩子勇往直前，擁有不怕犯錯的魄力，似乎得由爸爸們出馬才行。

還有，包含我在內，所有身為「媽媽」的女人們！我們其實不必過度害怕。就算因為玩耍而弄破膝蓋，傷口也很快就會癒合的。孩子如果因為害怕膝蓋受傷而不敢玩，那樣只會更可憐。因此，不要將媽媽的恐懼傳染給孩子。媽媽如果不再害怕，孩子也會跟著變勇敢。

兒子的生長痛

「有天，毫無徵兆地，
兒子突然沒辦法走路了。
他站也站不好，容易跌倒，一跛一跛的，
還滾來滾去說自己好痛，連覺也睡不著。
我差點停止呼吸，以為他得了小兒麻痺，
跟老公兩人背著他，哭得淅瀝嘩啦地跑去醫院。
然而，醫生卻說沒有任何異常，要我們別擔心。
兒子一直喊痛，居然叫我們別擔心，
說是因為在發育才會這樣……
我那時候才知道，原來這就是生長痛。
生長痛好發於男孩身上，
主要對象是三到十二歲的小孩。

相較於女孩子靜靜地、無聲地長大，
原來，男孩子是這麼大張旗鼓。
看來不管是大人或是小孩，
都得經過苦痛的過程才能蛻變為大人。
如果妳兒子也跟我兒子一樣不舒服，
千萬別因此感到害怕，
只消一個月，他就會奇蹟似的好起來，能跑能跳了。
成長痛，這段時間似乎不算太長。」

愛的教育

我是一個從小被打大的小孩，有時被撥火棒、雞毛撢子打，有時則是被鍋子打頭。若是沒有合適的道具，媽媽還會直接用手打，不管是頭、肩膀、屁股還是手臂……統統毫不留情。那個年代，小孩大部分都是被打大的，不像現在享有這麼人道的待遇。

這樣大剌剌地寫在書上，說不定媽媽又會揍我，但是我說的都是事實。以前被打的時候，總是覺得很委屈，但是現在回想起來，卻能充分理解了。日子過得很緊，老公對於養育孩子又像隔岸觀火，這樣的情況叫人怎麼忍耐？心情很差，想找人出氣的時候，不懂事的小孩不就是最好的對象了嗎？不過，話雖如此，我的意思並不是說媽媽只把我們當成出氣筒。

總之，因為那時候的回憶，我下定決心不打小孩，而且還算滿遵守的——除了兒子滿週歲之前（也就是他還非常小的時候），他曾經有兩個多小時沒來由地大哭大鬧，後來我索性把他丟到了床上。

還有一次，我狠狠地打了他。那是他小學的時候，我們約好把硬幣一點一滴存進人臉大的小豬撲滿，等小豬滿了，再把錢拿來做一些有意義的事情。然而，有天我偶然發現撲滿裂開，裡面的錢也不見了。

「俊鎬，你有好好養小豬撲滿嗎？」我佯裝不知情，開始套他的話。

「喔？……嗯……」

「那它應該變胖了吧？我上次看到你裡面存了很多錢呢！」

「嗯……變胖了。媽媽，它本來就很胖。」

「那我們要用那筆錢做什麼？現在把它打開吧！」

「不、要!!先不要！我們之後再開！」

流淌於全身的血液瞬間衝上腦門。他是怎樣？年紀輕輕就說謊？姑且不說別的，我一向認為撒謊是禁止的，也下定過決心，即使犯了什麼滔天大罪，只要誠實以對，我都會選擇原諒。

我的右手立刻不自覺地舉起來，往兒子的左臉打了下去。事情發生得太突然，我甚至無法控制。「甩」巴掌，應該可以這麼形容吧？那一掌，我著實使盡了吃奶的力氣。

兒子的臉變得像白紙一樣慘白。他嚇到了，我也嚇到了。我驚嚇是因為自己居然是這種媽媽，而他大概是因為被打而震驚。兒子沒哭，只是一溜煙跑進廁所，開始嘔吐。雖然聽見他抓著馬桶嘔吐的聲音，但我裝作沒聽到……不，應該說是我沒有自信面對他，同時也對自己不過是這種媽媽的事實感到害怕。

那是我第一次也是最後一次出手打他，那段回憶到現在依舊清晰。兒子也是嗎？他也跟我一樣，還清楚記得那時候的恐怖嗎？

現在回想起來，其實「出手打他」這一點我並不後悔，但有一件事我覺得很對不起他。當時，我對他感到了一股無法說出口的失望，那才是令人後悔的原因。他不過是一個還不懂事的小孩，但是我卻太早對他感到失望，彷彿天塌下來一樣，對他的萬般期待因此崩毀。

或許是知道媽媽很信任我們，所以成長過程中雖然常挨打，但是那段久遠的童年時期絲毫沒有成為我的陰影，而且我們姊妹反而會笑著聊那段過去。媽媽即使常常拿起鞭子揍我們，卻從未說過「我對妳很失望」這種話。

成長過程中，只有「愛」是不夠的，給予關愛、信任、適當的期許和果斷的教誨，並引導孩子走向正確道路，這些也都是媽媽應該做的。孩子還在成長階段，仍在學習補足自己的不完善，並慢慢長成大人，因此，媽媽們也不該因為小事就感到難過和失望。

因為打小孩，就無條件被視為虐待兒童的父母，或是被其他人用責備的眼光看待，這令我很難過。全天下的母親，她們對子女的愛不都是相同的嗎？孩子痛，媽媽的心就更痛。當了媽媽以後，我才終於完全體會到當時打我們的媽媽是什麼心情。原來，我們真的做了很多該打的事情。

當時沒有勇氣對兒子說的話，要不要在今天說出口呢？

「傻鎬，對不起。打你的事情我雖然不怎麼愧疚，但當下覺得你很丟臉的事，我很抱歉。不過，對你的失望，在很久以前早就消失無蹤了。現在，你是一個令我很感謝也很驕傲的兒子……」

要不要試著說說看這些好聽的話呢？

Says & Think

我之所有，我之所能，都歸功於我天使般的母親。——亞伯拉罕．林肯

雖然我狠狠教訓了趁大人不注意時偷開撲滿的兒子，自己卻也沒有多光明磊落。我承認，我動過媽媽的錢包好幾次。只要有十塊韓元，放學回家的路途就可以變得很幸福；只要嘴裡叼著一枝冰棒就像置身天堂，媽媽卻總是無動於衷地裝傻。

然而，壞事一旦起了頭，之後就會越來越大膽。一開始，我只是拿十、五十、一百韓元……最後卻偷走一千韓元的鈔票。於是，睜一隻眼閉一隻眼的媽媽終於再也忍不住了。

妳們問我事情怎麼結束的？當然是被狠狠打了一頓呀！媽媽打到我的小腿肚出現傷痕以後，拿凡士林那類黏呼呼的東西擦在我的腿上，又警告了我一次：「妳下次敢再這樣，我就打斷妳的腿！」雖然這番話並沒有嚇到我，但那天晚上媽媽來到裝睡的我身邊，一邊摸著我的腿，一邊說：

「唉唷！我的女兒真可憐。因為弟弟妹妹們，妳甚至沒有好好被愛，只

有受苦的分兒……妳還這麼小，是媽媽不對，真的對不起。」

媽媽那難過的語調一直讓我很掛心。因此，我感到愧疚，生怕再次發生這樣的情況。

小孩不會主動察覺父母的心意，因此，我們有時必須做出一些露骨的表現，好讓他們注意到，就像我媽媽一樣。如果這麼做可以讓你感受到我有多愛你，那有什麼問題？想成為兒女心目中的天使媽媽，有時也需要適當的演技。

對了！我告訴你們我兒子把撲滿的錢用在哪裡了嗎？他竟然把錢拿來買娃娃送女朋友。我真是敗給他了。

因為愧疚……

兒子入學後第一次去郊遊的那天，正好是我忙著截稿的時候。雜誌社的截稿日，是即使天空裂成兩半都不能停擺，除非有天災發生，否則一定得謹守的鐵律。那天，我一直在公司忙到霧氣瀰漫的清晨，才帶著前一天晚上先買好的壽司材料回家。

「壽司／飲料／餅乾一包／酸酸糖一盒／水果X／帽子。」

餐桌上擺著一張字跡歪斜的備忘錄，看來應該是兒子看媽媽這個樣子，擔心郊遊會去不成吧。「兒子，別擔心！媽媽我一定會準備很厲害的便當，讓你威風地去郊遊！」我在心裡這麼說大話，並將食材簡單處理好，在椅子上小坐了一會兒……接著，我在朦朧之中聽見婆婆的喝斥聲，睜開眼睛一看，發現出發的時間已經逼近了，而兒子還在睡夢中。

怎麼辦？這下怎麼辦才好？我叫醒兒子，簡單地替他梳洗以後，趕緊帶著他出門，並且在學校前面的小吃店買了一份壽司，放進書包裡。我完全沒意識到自己還穿著拖鞋，而且別說化妝了，連臉都沒洗，眼睛沾著眼屎，頭髮簡直像鳥窩一樣；兒子則是眼中噙著未乾的淚水，跑得上氣不接下氣。

「唉唷！俊鎬媽媽！妳怎麼這麼慢？我還以為俊鎬不去郊遊了呢！」

看到某個熱情的媽媽以後，我才往下看看自己的腳。一雙令人害羞的光溜溜的腳，配上寒酸的拖鞋、沾了泡菜湯汁的皺T恤……環顧四周，在公車前面排隊的其他媽媽都化妝化得漂漂亮亮的，看起來就好像要和孩子一起去郊遊。俊鎬或許是注意到了，也覺得很丟臉吧？悄悄放開我的手，快步走向公車。

「妳不跟去嗎？」那位媽媽這麼問。

「我還要去上班。」我這麼回答，然後趕緊躲到角落。

要是遇到班導師怎麼辦？帶著畏懼的心情，我扭扭捏捏地送走了俊鎬。這是入學後第一次去郊遊，媽媽卻落荒而逃，不敢站在公車前面揮手……他的心裡肯定為這樣的媽媽感到丟臉，一直到公車出發、開遠為止，應該一次都沒有回過頭來吧？

該怎麼做才能忘掉那天早上的絕望？我壓抑著激動的心情，回家以後坐在玄關放聲大哭。什麼也抵擋不住潰堤的眼淚。我並不想這樣養孩子的啊！明明只有一個小孩，我為什麼會變成這麼遜的蠢媽媽呢……我在心中一邊這麼想，一邊嗚咽哭泣。

「是啊！我懂妳的心情，也知道妳很難過。但，人生不僅是這樣而已。以後妳就會知道，養孩子還有很多讓人傷心的事。當父母，沒有想像中那麼容易。」靜靜撫摸著我的背的婆婆，將我扶了起來，並這麼說道。婆婆那溫暖的聲音，大概會清晰地留在我的腦海裡很久很久。

兒子還在肚子裡動來動去時，我滿腦子只希望他趕快出來，因為肚子越來越大以後，腿開始腫起來，也因為呼吸不順而氣喘吁吁。雖然長輩異口同聲地說：「在肚子裡是最好的時期。」但我不相信，總是心想：「怎麼也比塞在肚子裡帶著走好吧？哪可能比懷孕還累？」

然而，兒子出生後不過幾天，我便明白了那句話的深意。在那些無法入眠的漆黑夜晚，因為兒子難纏的性格，我必須二十四小時抱著他搖來晃去，根本無法合眼或好好吃飯，連上廁所都彷彿有千里之遙。於是我又心想：「趕快學會走路吧！只要不用這樣抱著，我應該就會比較輕鬆了。」

「妳以為去上學就會比較好了吧？妳以為他已經長大了吧？才不！接下來還要擔心他的課業問題、是不是交到壞朋友、有沒有被朋友排擠。煩惱總是綿延不絕，我也是這樣過來的。以前以為只要四個孩子都結婚，我就自由了，但是事實並非如此。天下父母都是這樣，一輩子為孩子擔心，根本沒有停止的一天。」

跟婆婆面對面坐著，印象中我似乎嘆了好大一口氣，並發自真心地點了點頭。那時候，我想起了爸媽。曾經，我認為當兒女很困難，常常抱怨要在因為年紀漸長而感到惆悵的父母面前，當一個總是問心無愧的兒女有多難。

人生似乎就是這樣，當某個人永遠的子女，當某個人永遠的父母，對彼此感到抱歉地過生活。對於我的家人，往後我又會多常成為一個愧疚的人呢？又該有多歉疚呢？

Says & Think

即使被子女瞧不起，父母也恨不了他們。——索福克勒斯

如今已滿二十歲的兒子要是讀了這本書，會說什麼呢？他會不會埋怨媽媽揭露他成長時期的大小事？還是會認為：「原來那時候的媽媽是這樣過生活的啊！」並理解當時無法做到盡善盡美的我？

我也不確定他會怎麼想，只希望他至少不要埋怨我。然而，我沒有自信他不會埋怨我，因為如果我是他，應該也會覺得很煩，又不是什麼值得炫耀的事，有必要昭告世界嗎……真是搞不懂。

父母和孩子之間的距離，時而近如薄紙，時而遠如海洋。有時候，我好像能將他完全看透，有時卻又摸不透他。我對他來說，大概也是這樣吧？就跟我有時很感謝、很心疼媽媽時時刻刻都在擔心我們，有時卻又對她過分的擔憂感到心煩一樣。

大家都是這樣生活的吧？一下喜歡，一下討厭；一下感謝，一下又不耐

煩。不過就算是這樣，經歷養育孩子的過程，我才成為了一個真正的人。
「最好生一個跟妳一樣的女兒看看！」所幸，我稍微閃開了媽媽下的詛咒，生了一個跟我很像的「兒子」。

我能活到現在，沒有變成一個丟臉的人立足於這世上，都得感謝媽媽和爸爸。要不是他們，我可以這麼理直氣壯地活在世界上嗎？

「媽媽，謝謝妳。爸爸，謝謝你。對你們犯下的錯……這輩子，我會一筆一筆從兒子那邊得到懲罰的。」

爸爸也愛我嗎？

對媽媽而言，我是總讓她心痛的女兒嗎？

爸爸，我好想你

我的爸爸是個文人，寫了幾十年的廣播劇《劇變三十年》，也是我依稀記得的幾部作品（例如《搜查班長》和《笑容帶來福氣》）的廣播編劇。印象中，爸爸總是背對我們，趴著和稿紙纏鬥。明明有書房，固執的爸爸卻一輩子趴著寫文章。他一天開口說不到五句話，就像半個啞巴一樣。

他從來就不是一個慈愛的父親，因此四個女兒、一個兒子，我們家五個小孩從小只能望著他的背影長大。我寧願他嘮叨或是罵我們：「讀點書吧！」「別吵架。」他卻連這些話也不說，一輩子活像一個安靜的影子。或許是把想說的話都寄予文字，他才會這個樣子吧？媽媽有時也會唸他：「你的嘴應該發霉了吧？」

爸爸開始傾吐他這輩子沒說出口的話，是在快要離世之前。生病臥床以後，爸爸話匣子大開，有時會加入女兒們的對話開玩笑，有時則是默默地笑望著天花板。

這樣的爸爸，讓我很難過……突然，好想坦白告訴他，看到你生病以後說話結巴，像小孩一樣緩慢，我真的很心痛。

「爸爸真的好傻，明明有那麼多話想說，為什麼現在才讓我們知道你的心意？我們也有很多話想跟爸爸說的啊……」我這麼心想。

和爸爸之間的對話開始得太晚，有時總讓我內心覺得一陣酸楚。

就這樣躺了幾年，爸爸有天終於把我們都叫了過去，而且還是醫院的病床旁。可能是想把我們牢牢記在眼裡和心裡，爸爸將已經都結婚的子女們喚到跟前，靜靜對著「我的孩子們」的臉龐，一個個分別看了好久好久。他的臉上堆滿笑容，那自豪的表情像是在說：「我的孩子都在這裡了啊！」

「對不起，還有，我很幸福。跟妳一起生活的日子，我很快樂。因為有你們，我一直都很開心。我的人生……很不錯。是啊，很棒了。」爸爸緩慢且平靜地說。

那是我第一次體驗到什麼叫做「無法抑制的悲傷」。爸爸的那段話，充滿了對於往日的熾熱情感，導致我甚至無法直視他。我們五個孩子和媽媽，努力壓抑悲傷，一語不發地流著眼淚。沒辦法為他做些什麼，唯一能做的就只有這樣，叫人痛苦無比。

那是爸爸的最後一段路。經過幾天像影子一樣安靜、勉強維持呼吸的無意識狀態，很快地，後來連微弱的呼吸也停了。結束生命到另一個世界，原來是那麼安靜又可怕的一件事，不過是突然發出幾聲「哈……哈……」的急促呼吸，然後就走了。實在令人難以置信。說來慚愧，那是我第一次說「我愛你」，就在爸爸結束漫長而辛苦的一生，像小鳥一樣輕盈地離開時。

「爸爸，我愛你，我真心為你感到驕傲。還有，對不起。」

我握著爸爸的手，將他那乾癟如樹皮的手放在我的胸口，並且在心底問：「為什麼總是慢一步？人生為什麼這麼困難？」

世界上最令人難過的事，我想應該就是「發現為時已晚」吧？要是早一點親近爸爸就好了。早知道就不要只黏著媽媽，也稍微注意一下爸爸了。直到爸爸離開，發現我的心裡其實向著他以後，我開始責怪自己。

爸爸肯定很孤單，由於總是想起他有多孤單，有一陣子我甚至抬不起頭來。木訥的爸爸，不敢大大方方地靠近子女，就只是在一旁觀察並躊躇著，想必內心一定很寂寞吧？過去，我從沒想過這些，以為他原本就是這麼漠不關心的人，只管埋怨他，或是冷淡以對。就這樣，過去的記憶在心裡一層一層堆積，變成至今仍無法磨滅的後悔。

「媽媽，我想了想，應該是小學的時候吧？我曾經跟爸爸去棒球場，我們一起看棒球、吃炸醬麵。為什麼我到現在才想起來呢？」

「妳只記得這個？雖然妳不知道，但他不曉得有多愛妳這個大女兒。看到妳跟他一樣當文字工作者，他每天都笑得合不攏嘴呢！」

「真的嗎？媽媽怎麼從來沒跟我說過這些事？」

「要怎麼告訴妳？只要不是笨蛋，自己就會有感覺的啊！也對……子女哪裡會懂父母的心呢？」

現在，媽媽還是時不時會提起爸爸，說那個在子女面前從沒好好開口說過話的他，有多愛自己的小孩。每次聽到媽媽說這些事，我就會憶起爸爸，並且好想好想他。

「爸爸，你在那裡怎麼樣？冷嗎？肚子餓不餓？會不會很寂寞？」

哀哀父母，生我劬勞。——《詩經》

為什麼要生五個小孩，是想要享受什麼榮華富貴嗎？曾經，我對媽媽非常刻薄，抱怨自己想學鋼琴、吹長笛、穿漂亮的衣服、夏天去度假都做不到，也想不必顧慮弟弟妹妹，盡情吃餅乾之類的。身為長女，下面還有麻雀般嘰嘰喳喳的四個弟弟妹妹，我做什麼都不行。為了配合爸媽的臉色處事，我是一個「過度成熟」的孩子，很早就沒有什麼所謂的自我意識了。

我常常覺得爸爸很討厭，關於我眼中的他有多自私，之後會再慢慢述說。小學六年級時，我曾經對喝醉後發酒瘋的爸爸大吼：

「因為爸爸是作家，其他人以為你是很棒的人。但是你知道嗎？你其實是個壞蛋！」

爸爸驚訝得瞪大雙眼，那眼神我至今仍記得一清二楚。爸爸應該偶爾也很討厭我這早熟卻冒失的年幼女兒。每當回想起過去魯莽說出口的話語和想法，我的心中便滿是愧疚。爸爸和媽媽光是因為生下我們，一輩子就只能吃苦，我卻一直視而不見。

因此，我告訴自己不要太倚賴小孩。我既然沒做任何值得嘉許的事，如果還單方面要求兒子伺候父母，那就太不應該了。而且，「兒女」都是這樣子，哪有什麼好期待的？就是因為只能做到這樣，才叫兒女呀！

戀愛小說①女孩篇

女孩剛從女子高中畢業，便到一家名為「阿里郎」的雜誌社工作。因為經濟狀況不允許，於是她先打工，將升大學的計畫往後延。

在雜誌社，她做的都是一些跑腿的雜事，包括跑銀行、泡咖啡、支援記者。那時候，做這種工作的人被稱為「打雜的」。

然而，那女孩進公司不久後，「大膽地」陷入了愛河。之所以會用「大膽」形容，是因為她單戀的對象是主編。個頭瘦小的主編話很少，總是安靜，但只要遇到跟工作有關的事情，就會變得非常有魄力，讓人對他的崇拜油然而生。據說主編的座位後總是有光圈環繞，讓人睜不開眼。

每天早上，女孩總是最早到公司，將主編的桌子擦得亮晶晶的，偶爾還會摘下路邊的花朵，放入乾淨的水中並擺上。當主編進公司，她會按照他喜歡的口味送上咖啡。每次端咖啡時，她總是小心翼翼的，深怕怦怦狂跳的心臟會害咖啡灑出來，或是跳動的聲音被聽到。

不知道過了多久，據說主編也開始注意到這個剛進來的新人，對她疼愛有加。女孩那麼明顯地釋放出好感，主編怎麼可能沒察覺？他當然看在眼裡，也開始對她產生好感。有時候，他會送她電影票；在公司前面的餐廳相遇時，會默默替她付飯錢；當她臉色不好，也會問她怎麼了。就這樣，文靜又漂亮的女孩，漸漸走進主編的心。

之後，他們開始談戀愛，有時一起去看拳擊，有時也一起去吃炸醬麵。看拳擊時，主編只看著拳擊手，女孩的眼裡則只有他。她心想：「我配得上他嗎？」根本沒心思看什麼拳擊。最後……他們闖了禍，製造出一個小生命。

此一時，彼一時，在那個年代，還沒結婚就上床是一件非常嚴重的事情。於是，女孩被趕出家門，帶著一個行囊來到了主編家，兩人一起生活沒多久便舉辦婚禮，從此開始極度貧窮的生活。在只有一間房、和獨身的婆婆同住的情況下，他們在房裡掛上窗簾當作新房。不過縱使簡陋，那間房仍迎來了許多孩子。真的很厲害！

他們有五個小孩。生了三個女兒以後，女孩一直想要兒子，於是跟老公說：「再生一個就好！」卻偏偏懷了一對異卵龍鳳胎。就這樣，女孩成了撫養四個女兒、一個兒子的媽媽，男人則從雜誌社辭職，改當廣播編劇。雖然男人不停地賺錢，但是因為他原本就一無所有，為了房子、三餐、供孩子上學，怎麼賺還是入不敷出。

當媽媽後的女孩，什麼工作都做過，包括賣麻油、化妝品推銷員、帶美國製品到處賣、保險員……她天生充滿責任心、懂得察言觀色、人際關係也好，憑著長時間從底層磨練而來的實力，她當上了大韓民國最厲害的保險公司處長。

雖然生活得非常辛苦，她對老公的敬意卻絲毫未減。在她的心中，老公一輩子都是當年的主編。「像我這樣的人，怎麼配當他的女人呢？」只要這麼想，她的心總是怦怦跳。雖然常常覺得老公很可惡，但是對他的愛慕之情並未減少，而她也就是憑著這股力量過日子的。靠那樣的力量度過將近五十年的歲月，她先送走了他——她這輩子最愛的主編。

彷彿三流小說的故事裡，女孩是我的媽媽，意外製造出的生命是「我」，我就是那個罪魁禍首……至少在寫下這篇文章，並出版成書之前，我一直是這麼認為的。然而，這下糟了！實情到底是怎麼一回事？詳細的故事……稍後告訴各位。

戀愛小說②男人篇

年過三十的男人，是韓國第一家專攻娛樂新聞的雜誌《阿里郎》的主編。他來自北邊，在故鄉黃海道是有名的大戶人家的小少爺，還是就讀名門大學的菁英。然而，戰爭爆發了，他跟媽媽、哥哥、妹妹四個人開始避難，好不容易在舊把撥某個類似板子村（即棚戶區）的地方定了下來。

雖然一無所有，但是他卻未捨棄吃得高級、穿得高級、用得高級的自尊心，生活方式依然挑剔且固執。有才華和學識，不卑躬屈膝的他，打從骨子裡就是個大少爺。

男人的夢想是成為作家，於是他進入了堪稱作家跳板的徐羅伐藝術大學，克服貧窮，開始寫作。然而，寫作在當時根本賺不了錢，為了代替已經結婚的妹妹和哥哥照顧老母親，每次米缸空了，他就得出去賺錢。就這樣，為了討生活，他成為雜誌社的記者，之後升上主編，並在那裡遇見了一個開朗的女孩。

其實，他那時候已經有喜歡的女人了。對方是當時只要說出名字，大家都知道的知名演員。兩個人雖然還沒進展到戀愛的階段，但是會一起討論電影、愛情和人生，為彼此消煩解憂。然而，貧窮阻礙了他們的情路。男人心想，在只能勉強餬口的情況下，實在不應該喜歡高攀不起的女人，於是選擇放棄。剛好在那個時期，他遇見了她——在他以主編身分工作的雜誌社打工跑腿，單純又年輕的女孩。

他早就猜到女孩喜歡他了。女孩跟妹妹年紀相當，善良又漂亮。因為心疼她的處境，所以他總是很注意她，想對她好。女孩有很多地方都比同年紀的人來得成熟，跟她說話的時候，也懂得溫暖回應。有時生活太辛苦，他們會一起吃飯喝茶、看拳擊和摔角。就這樣，某天他約她出來，兩人喝了不少酒，並一起過了夜。

男人原本還沒想過結婚的事，但是因為突然有了小孩，一半出於愛，一半出於責任感，於是娶她為妻，開始共同生活。接下來，大女兒出生，二女兒和三女兒也陸續出生，為了維持生計，男人只好辭掉雜誌社的工作，改當廣播編劇。

年輕女孩嫁給極度窮困的男人，成為他的妻子以後，吃了許多苦。因為男人一無所有而受金錢的苦；因為男人性格挑剔而受身體上的苦；為了替傳統的婆婆和老公準備精緻的餐點，受雙手的苦……即便如此，她也沒有一句怨言，總是將生活大小事打理得好好的，漸漸變成一個擁有驚人持家能力的女人。

即使告訴她沒有兒子也沒關係，有三個女兒就夠了，她還是固執己見。「你如果去外面生了兒子回來，不會把我趕出去嗎……」鬧了好大一次脾氣以後，她終於懷上了第四胎。然而，這一次肚子大得離奇，彷彿快要爆炸，勸她去看了醫生以後，她哭著回來：「是雙胞胎。怎麼辦？」

男人其實很愧疚，因為他似乎會害這女孩吃一輩子的苦。但是他生性古怪，不輕易吐露內心話，因此這輩子未曾對她說過一句好話或溫暖的話。不只是對嫁給他的女孩，即使是對五個孩子，他也一樣。在孩子長大的過程中，他從來沒說過難聽的話，永遠都是媽媽扮黑臉。

男人就像個影子般的父親。但事實上，他也常常想要慈祥地對待孩子，卻因為第一步走錯，所以總是不太順利，導致之後就算想靠近，也因為缺乏勇氣而猶豫不決。

對這個男人來說，「運動」就是去廁所，以及早上到院子拿報紙而已。因為擔任廣播編劇，加上他不喜歡移動，所以其餘的時間，他整天都趴在房間裡寫文章。大約到了六十多歲中期，他生病了，之後十多年的時間，他病懨懨地寫稿，並經歷了各種病症。

到最後，他甚至無法隨意移動，連大小便都沒辦法自理。即使深切意識到自己行將就木，他仍不願意接受這事實。於是，他常跟服侍了他一輩子的老婆說自己好害怕死亡，深怕死去的瞬間太過殘忍。

終於，他一個人離開了這世界。要是他能留下來，和正在快速成長的孫子們享受天倫之樂就好了……然而，他還沒等到這一天，就先走一步了。他病了很久，臥病在床的日子非常辛苦，於是喚來家人們，說完抱歉以後才離開。

彷彿會出現在三流小說的這個傻男人是我的爸爸。身為一個志在寫作的女兒，我是爸爸的驕傲；然而完全不讀書這一點，卻又害得他很失望，因此在爸爸去世後，我老覺得愧疚。

不過……這下又多了一件讓我愧疚的事，那就是出書後發生了讓人笑不出來的突發事件。唉！真是的！

真是被你們打敗了，散沙家族！

苦苦等著這本書出版的媽媽，在拿到熱騰騰的書以後，立刻打了電話來。我猜她是想恭喜我，或是打來說些「寫得真好」「我女兒真棒」的好話，於是得意洋洋地接了起來。

「喂，秀炅！妳是瘋了嗎？」

奇怪，媽媽是怎麼了？我做錯什麼事了嗎？從她氣呼呼的聲音來判斷，肯定是出了什麼問題。

「我哪是懷了妳才結婚的？嗯？妳有看到嗎？有嗎？」

什麼？我怎麼可能看得到媽媽懷我？總而言之，她是真的生氣了！

「還有，就算妳爸爸很窮、年紀很大，所以我們被極力反對，但我還是光明正大地辦完婚禮才跟妳爸住在一起！不是住在一起後才結婚的！」

「真的嗎？我五十年以來都這樣認為耶！」

「到底是誰這樣說的？誰？我結婚前一個禮拜月經才來耶！我還記得日期！」

「媽，妳說妳記得五十年前月經來的日期？拜託～太扯了吧！」

「看看妳這丫頭！我說的是真的！那些話妳到底是聽誰說的？嗯？妳是從哪兒聽來那些胡扯的

東西，亂寫一通啊？丟媽媽的臉也該有點分寸啊！我要告妳！」

哇！你們看看！讓家裡蒙羞加上毀謗，這下媽媽說要告我了，還真是前所未有的局面。

我覺得很冤枉。因為在雜誌社當記者的期間，那些知道爸媽故事的大前輩們，不知道有多愛拿我開玩笑，不止一、兩個人跟我說：

「我說妳啊！妳就是那個禍首。要不是妳，妳媽媽怎麼會嫁給年紀又大又窮的男人，白白受那種苦呢？妳媽媽以前不知道有多漂亮呢！」

爸爸和媽媽不為人知的故事彷彿雜誌界的傳說，要把它昇華為一段崇高的愛情，並且接受它，對我來說也很不容易。然而，按照媽媽現在的說法，那我真的該對那些前輩提起告訴。奇怪，他們為什麼要胡亂解讀別人的身世？我真是要瘋了。

「媽媽，那為什麼妳從來沒跟我們提過這些事？」

「妳問過嗎？你們問了，我才能回答啊！又不是什麼值得炫耀的事情，我幹嘛主動提起？」

「弟弟和妹妹也都這樣以為啊！媽媽就只對我這樣。哼！」

「我真是會被妳搞瘋！妳害我頭都抬不起來，要去找個地方躲起來生活了。」

「可是，媽……雖然沒有懷我，但妳跟爸爸結婚前也有『手來腳來』吧？老實說嘛！我沒說錯吧？」

「什麼？妳在說什麼……真是的……吵死了！妳這丫頭！妳做錯事還敢這樣！」

「知道了，媽媽，對不起，真的對不起。第二次印刷的時候我再修改，不要生氣了好不好？但老實說……我也不知道這本書會不會賣到那麼多……」

「不管啦！我要掛電話了！要是被我遇到，我絕對不會放過妳！」

掛上電話以後，我跟妹妹們在群組裡集合，一邊推算我出生的日子和爸媽結婚的日子，一邊也透過聽到的傳言，試圖拼湊出整件事的輪廓。

老三說：「姊姊，妳不覺得媽媽跟妳說月經的日期很可愛嗎？」

我：「太誇張了。我連上個月什麼時候來的都不記得了，誰記得住五十年前的日期啊？媽媽騙人的啦！應該是怕在鄰居面前丟臉才這樣說的。」

老二：「不對，等等……仔細一算，姊姊好像真的是Honeymoon baby耶？」

我：「時間太短了吧？還是我其實是早產兒？」

老么：「不對，時間好像兜得上！媽媽一定覺得自己很冤枉。」

我：「是嗎？我真是要瘋了！可是妳們之前不是也跟我一樣這麼想嗎？」

老二：「嗯，我也跟妳一樣。」

老三：「我不知道詳細的情況，是看了妳的書以後才知道的。」

我：「那現在怎麼辦？我乾脆離開地球好了？」
老么：「妳走了，書還在啊！根本沒有用！」
我：「唉！那讓我死了算了！這樣還比較好。」
妹妹們：「是啊，姊，就這麼做吧～」

唉！怎麼會有這麼沒有向心力的家庭？看來，「最親近卻又最遙遠的關係是家人」這話說得一點也沒錯。大家對藝人的戀情和婚事那麼好奇，對自己父母的過去卻毫不關心，這不是一件很值得難過的事情嗎？

我認為，家人必須多關心彼此。父母肯定也經歷過媲美電視劇的酸甜苦辣，並留下令人感動的結尾。不聞、不問、只顧著過自己的生活……這樣的兒女比外人還冷血，也比外人更遙遠。光看我不就是這樣嗎？因此，正在閱讀這本書的讀者們，趁你們還沒像我一樣「瀕死」之前，趕快研讀家族的歷史吧！

總歸一句話，我對媽媽真的很抱歉。雖然她現在已經是白髮蒼蒼的老奶奶，終究還是個女人，我卻對全世界胡說八道。這下該怎麼辦？沒有別的辦法了，只能趕快帶著錢跑去跟媽媽謝罪了！

我不想當夢實姊姊

*韓國兒童文學家權正生的代表作。

聽說每個人回顧過去時，肯定都像夢一場。我也不例外。活了大約五十年，我經歷的這段歲月，有時反倒像是別人的過去。回憶猶如碎裂的威化脆片，其中有令人懷疑自己以前怎麼會這麼做的糗事，也有讓人得意莫名的樂事。也就是說，猶如餅乾屑的記憶結合在一起，才造就了今天的我。

我雖然是五個孩子中的長女，卻有過一些奢侈的享受，而其中一項是就讀當時還不盛行的幼兒園。從即使家徒四壁，還是送我上幼兒園的這一點來看，媽媽真的是一個野心勃勃的女人。

以前，外公因為媽媽帶了一個讓他不甚滿意、又窮又老的男人回來說要結婚，害得他食不下嚥。然而，我出生以後，外公卻高興得不得了，甚至會偷偷給我特別的關愛！那時候，外公從事運輸業，擁有高達（？）兩台計程車，每個禮拜有兩到三天，我下課以後走出幼兒園的門，就會看見外公的計程車停在那裡，那姿態彷彿聖誕老公公。起司、巧克力、香蕉……把不是人人都吃得到的東西交到孫女手中，從開心得蹦蹦跳的孫女那兒得到十次親親以後，外公心滿意足地離開。

「不要跟媽媽說外公來過喔！」

因為外公總是這樣說，所以我並沒有把這件事告訴媽媽。當時雖然年紀還小，但我也很清楚媽媽跟外公之間的關係並不是很好。

總之，媽媽讓身為大女兒的我享受了上幼兒園的奢侈，相對地，也常使喚我做事。我們家的老么（也就是龍鳳胎的妹妹），就是由我一手照料。龍鳳胎在我即將上小學的那年二月出生，媽媽因為要養三個調皮的女兒，又要照顧剛出生的兩個嬰兒，實在是力有未逮。於是，每次我一放學回家，媽媽就會開心地跑過來，把剛出生的妹妹放到我的背上，然後將襁褓緊緊綁上。

雖然不確定，但我猜她應該是想親自養育得來不易的寶貝兒子，才會自己背弟弟，卻將同一個肚子出生的妹妹放到年幼的我背上，讓她在只有扇子大小的背上長大。呿！現在回想起來，覺得媽媽還真是有些卑鄙。

小時候，我總是覺得委屈、憤怒又難過。別人家的小孩都在外面的泥巴地上滾來滾去玩耍，就只有我一個人要顧小孩。當我問媽媽為什麼只對我這個樣子，她總是回答：

「就妳一個人奢侈地去上了幼兒園，難道妳對弟弟妹妹不覺得不好意思嗎？不然要怎麼辦？我前後各背一個，煮飯煮到一半昏倒，這樣妳就高興了嗎？這樣好嗎？」

為了當一個體諒媽媽處境的大女兒，我才八歲就成了「小媽媽」，除了沒辦法餵妹妹喝母奶以外，其他能做的都做了，包括幫妹妹換沾了便便的尿布、餵牛奶、拍嗝、洗澡等等。洗好澡，我會幫妹妹按摩，替她抹上香香的爽身粉並拍打。覺得她很可愛的時候，我還會把嘴巴湊到她胖嘟嘟的肚子上吹氣，一面說：「唉唷！我的孩子真可愛！」

比別人還早經歷不幸的孩子，總是更快長大成人。不對，雖然我的遭遇不至於說是「不幸」，但確實比別人成熟得更早。八歲開始扮演媽媽的角色以後，我便體驗了「子女多無寧日」的殘酷成人世界。

我很早熟，知道要察言觀色，什麼話該說、什麼不該說，也曉得大人之間不和時該如何應對。我一下子代母職，一下代父職；沒有人替我們準備食物時，還得身兼做飯的食母；要幫爸爸把寫好的原稿送到電視台時，我則缺課當一個等待的快遞……就這樣，我勞心傷神、磨破膝蓋、劃傷雙手，像隻鼴鼠一樣長大。

姊姊，十元可以嗎？

最近到了早上，路上就很熱鬧。
幼兒園的娃娃車排排站，
媽媽和小孩在前面揮手互打招呼。
雖然車子已經開到很近的地方載小孩，
但是最近的媽媽還是不敢讓小孩自己搭車。
沒辦法，這世界實在變得太可怕了。
幸好我小時候生活的世界還算不錯，
所以每天早上都自己搭公車去幼兒園。
而且，我搭的不是娃娃車，
而是必須走到公車站搭的一般公車，
就這樣一個人搭車上下學。
公車分成直達和非直達車，

有兩個門、兩個車掌小姐的是非直達車，
只有一個門和一個車掌小姐的則是直達車。
非直達車總是擠滿人，前後門都有車掌小姐把乘客推上車，
年紀還小的我根本就不想搭。
也因為這樣，非直達車的車費是十元，直達車是十五元。
一趟多五元，一天只要多付十元就能輕輕鬆鬆地上下課，
媽媽每天早上卻偏偏只放二十元到我的幼兒園書包裡。
於是，我總是背著只有兩個銅板的書包，
人小鬼大地去跟車掌姊姊「交易」。
「姊姊，十元可以嗎？」我這麼問。
大部分的車掌姊姊，對年紀還小的我都很寬容，
不是一把將我抱上公車，就是用手勢示意趕快上車。
不過，車掌姊姊之中還是有很可惡的人，
她會罵我：「年紀小小就不學好！」
然後邊敲公車邊說：「出發！」
這種時候，我就會朝越來越遠的公車尾端，踢個幾腳洩憤。

「可惡！連狗都不要的女人！」
這是我從奶奶那裡學到這世上最惡毒的話。

不公平待遇①

媽媽對爸爸實在好得不像話，好到就連侍奉國王應該也無法到達的程度。是因為愛他？還是希望他賺很多錢回來？雖然不清楚確切的原因，但媽媽總對爸爸唯命是從。

對作家爸爸來說，他的職場就是家裡，因此一天三餐都在家解決，屬於「三餐在家型老公」。爸爸的每一頓飯都很精緻，就像飯店的餐點一樣。也就是說，我為兒子張羅「豪華餐」，元祖其實就是我的媽媽。

爸爸當年的待遇，在最近這個老公在家解決一天三餐便飽受欺壓的時代，根本是無法想像的。他對吃的東西很挑剔，即使餓到前胸貼後背，也不隨便吃。他常說，食物要先用眼睛欣賞，再用嘴巴品嘗。而且，爸爸真的很神，連好的食材和不好的食材都分辨得出來。另外，他還要求一天三餐的飯都要是剛煮好的，配菜不能一樣，絕不容許吃過的菜再端上桌。

那麼，現在一起來聽聽看我爸爸跟食物有關的名言吧！

「粥等死了再吃，知道嗎？」

「南瓜葉要怎麼吃？我又不是乞丐，怎麼可以吃長在別人家牆壁上的草？」

「拜託妳盤子不要裝那麼多食物。自古以來，食物就是要漂漂亮亮地用大盤子擺，而且不管是什麼食物，都不可以超過盤子的三分之一。」

「泡麵茶的時候，粉要一團一團浮在水上啊！妳連這都不知道嗎？全都溶在水裡要怎麼喝？這根本是粥吧？」

「冷麵用剪刀剪的話，吃起來還有什麼滋味？只有沒水準的人才會加醋和芥末！」

「妳拿了湯餃來，卻沒給我醋，是要叫我怎麼辦呀？醋可以蓋掉肉湯的腥味，要我說幾次妳才聽得懂？」

「拜託妳不要煮凍明太魚。死掉的東西就已經不討喜了，還要我吃死掉又被冷凍的東西嗎？」

「魚皮要煮得焦一些，酥酥脆脆的……連這樣一件事妳到現在都還做不好？」

「怎麼連一道可以讓人動筷的菜都沒有？拿蛋黃和奶油來，我要拌著吃。」

「我說啊，燉排骨絕不能少了菜碼*（指擺在食物上的菜，以增添風味或賣相。）妳不知道誠意就是食物的精髓嗎？」

「麵團就是刀削麵的生命，還有，麵條也很重要，不能太薄、不能太厚，這樣味道才對。」

「誰叫妳用肉湯煮麵疙瘩？要用海鮮高湯煮出清爽的味道才對啊！」

「豆腐渣鍋不要加泡菜。又不是給豬吃的，這算什麼啊？」

爸爸是個很愛抱怨食物的人，他的名言就算再說個三天兩夜也說不完。除此之外，他不只對自己吃的東西挑剔，也很愛批評別人的飲食習慣。他不知道有多強調餐桌禮儀，聽到我耳朵都要長繭了。餐桌禮儀個屁！我們五個小孩總是吃完飯沒多久就餓了，連狗屎都覺得很香，想要拿來吃了。爸爸根本就不懂！

媽媽很喜歡吃加泡菜的豆腐渣鍋，但是她這輩子都沒辦法好好享受這一道料理，因為爸爸認為豆腐渣就是要煮得白白的，搭配醬料一起吃。要是被爸爸發現她把泡菜加進他吃剩的豆腐渣鍋裡煮來吃，她就會被臭罵一頓。每當這種時候，媽媽雖然嘴上說：「我真是搞不懂你這奇怪的行為！」一邊卻又趕快把吃到一半的東西收起來。

總之，媽媽是很值得表揚的人，因為她完完全全配合爸爸。熬夜寫稿的爸爸，有時會搖醒正在睡覺的媽媽，跟她說：「我想吃炸醬麵……」「可以幫我煮個清涼的蘿蔔泡菜冷麵嗎？」媽媽就算原本早已呼呼大睡，也會擦一擦嘴角的口水，馬上起來煮東西給爸爸吃。

我有好幾次睡到一半因為食物的香味而醒來，不過，媽媽當然沒有準備我們的份，總是只做給爸爸吃的分量而已。

媽媽的主要特長是對老公和兒女差別待遇。一樣是煮泡菜鍋，只有爸爸的鍋裡有豬肉，我們的卻是帶腥味的鰻魚。雖然長大後我領略了鰻魚泡菜鍋的美味，但是小時候看著爸爸的泡菜鍋裡漂著肥皂般大的豬肉，總是令人嘴饞不已。

爸爸吃的蘋果向來都是紅通通的紅玉蘋果，我們吃的則是國光蘋果。雖然一樣都是蘋果，但是從品種來看，紅玉比國光的等級還高。可不只是這樣而已！當年還不常見的香蕉，媽媽也都偷偷給爸爸一個人吃。

某天，我隨手打開了爸媽的房門，看見爸爸正在吃香蕉，於是他立刻把香蕉藏到身後。我很難過。這是什麼情況？我討厭只把香蕉給爸爸吃的媽媽，更討厭吃到一半被發現以後，把香蕉藏起來的爸爸。

我還記得媽媽找到工作以後，甚至直接買了一台專用的冰箱放在爸爸房間的床頭。那台小小的冰箱裡，裝著爸爸的零食。當然，媽媽也不忘體貼地將草莓撒上糖後醃漬、去掉葡萄的皮和籽，並將爸爸喜歡的蘋果削皮後泡在糖水裡避免變色。

不只是水果，冰箱裡還有餅乾、巧克力、營養品等等。只有爸爸和媽媽知道冰箱裡面有什麼，所以每次只要爸爸一去電視台，我們五個孩子就會飛也似的跑到房間，聚集在冰箱前面，由身為老大的我負責打開冰箱，失神地望著彷彿桃花源和天堂的冰箱。

那些看得到卻吃不到的東西是如此炫目……我們雖然有一股被背叛的感覺，卻從沒動過任何東西，因為除非已經抱著必死的決心，否則那是絕對禁止的。如果只有一、兩個小孩還沒關係，但五個人光是一人吃一小角，很快就會露出破綻。因此，在這些夢幻的食物面前，我們五個可憐的孩子總像賣藝乞討的人家的小孩，只能流口水。

媽媽怎麼會這樣？為什麼對老公那麼好？我自己結婚以後，每次煮了好吃的東西，總是先想到孩子；比起老公，自然而然會先照顧孩子。不只我，最近的女人也都是這樣。那麼，究竟媽媽這麼愛爸爸的祕訣是什麼？

爸爸離開以後，已經都長大嫁人的女兒們，和媽媽正坐在一起聊天。

「媽媽為什麼這麼愛爸爸？」

「愛什麼愛啊！當然是因為想讓全家人都吃，可是沒有錢，只好由爸爸一個人當代表啊！這樣妳爸爸開心了，認真寫稿賺錢，我們才能生活啊！有很多時候，我也很想吃那些送進他嘴裡的東西。老實說，妳爸爸真的是一個很自私的人，有人送營養品給他時，他還會怕我吃掉，把東西藏起來。妳們都不知道他有多吝嗇！」

Says & Think

無私對女人來說是「替別人受苦」，對男人而言則是「不要帶給他人痛苦」。因此，雙方都認為彼此是自私的人。——C・S・路易斯

《納尼亞傳奇》的作者C・S・路易斯，曾經如此描述男人和女人之間不同的視角。我認為這段話說得很對，因為我的爸爸和媽媽就是這樣。男人只要不給別人帶來麻煩，便認為自己算是有所犧牲了；然而女人很奇怪，總覺得自己似乎有義務分擔別人的痛苦。

把爸爸變成這樣的人是爸爸的媽媽，也就是奶奶；把媽媽變成這樣的人是媽媽的媽媽，也就是外婆。她們的血液在爸媽的身體裡流淌，那是騙不了人的。奶奶天生就像公主，有「五公主」的暱稱，她在世時活得美麗又端莊，養育孩子的方式就像對待王子一樣。

而為子女做了一輩子粗活的外婆，即使現在已經九十多歲，還是會去媽媽開的餃子火鍋店，一天包兩百個以上的餃子。雖然年事已高，外婆記性依舊很好、皮膚毫無毛孔，而且從來不會忘記上妝，看起來比滿五十歲沒多久的我還要年輕。有天，我問外婆：「妳不覺得化妝很麻煩嗎？」外婆回答：「就算做粗活，穿著也要得體，才不會被看扁。我不要被別人瞧不起，害子女被罵。我怕其他人會指指點點，說是他們把媽媽弄成這樣，讓他們覺得很難受。我一輩子都是這麼活過來的。」

有什麼樣的父母，自然會教出什麼樣的孩子。我的爸爸和媽媽如今成為什麼樣的人，也都是受到了父母親的影響。而且，養兒子原本就是個大問題，如果太寵溺，會讓他身為男人無法避免的自私潛質更加猖狂。因此，養育兒子的媽媽們一定要好好調教兒子……不對，應該從我自己先開始才對。一直到現在，我都做錯了……我對兒子太好，未來成為他伴侶的女孩，人生之路應該不會太順遂。

因此，我打算至少從現在開始，打起精神好好馴服唯一的兒子。只要是男人，不管是孩子或是大人，不教他們，他們就不會自己明白事理。

不公平待遇②

我只有一個孩子，不懂養好幾個小孩的媽媽是什麼心情，也無從得知。成長過程中，我一直都相信「手心手背都是肉」這句話，不，應該說「我想這麼相信」。因為如果不相信，有很多情況總令我覺得委屈。

我讀女校時雖然不怎麼讀書，但是一直到小學畢業以前，都還算是聰明的學生。我沒有當過班長，但當了好幾次副班長或排長，在同學之間也很受歡迎。之所以受歡迎，當然是因為書讀得不錯，要是什麼都不會，還會受歡迎嗎？（雖然這段記憶沒有什麼真憑實據……）

然而長大以後，回顧過去才發現媽媽似乎習慣對人有差別待遇。她特別寵老二，而更惱人的是，老二的確滿會做得人疼的事情。首先，她是個小滑頭。我如果得不到想要的東西，總是癟起嘴擺臭臉，但是她卻全身扭來扭去，低姿態地撒嬌：

「嗯～媽媽～我想要買那個。嗯？買給我啦！好不好？」

還有，她長得很女孩子氣，所以怎麼穿都好看，而我雖然不至於長得像男人，但是確實比較偏男人的長相。也許是因為這樣吧？明明都留長髮，媽媽早上卻只幫她綁頭髮，對我的頭髮則視若無睹。當我湊過去拜託她也幫我綁一下，她反而唸我：

「我說妳啊！一個女孩子家的頭髮這是什麼鬼樣！是菜瓜布嗎？去把頭髮梳一梳！」

媽媽不太叫她做事，總是使喚我；學校育成會費也都是先給她，我則要等到名字出現在未繳費的名單上，面臨被趕出學校、不能再去上學的地步，才勉強把費用準備好。

我每天都要自己從禾谷洞搭客滿的公車到光化門，像個駝背的老奶奶，筋疲力盡地去上學；但媽媽卻常常帶她去近在咫尺的學校。就算是差別待遇，這樣也太過分了吧？

也是啦……她確實比較會讀書，身體也像有錢人家的千金一樣虛弱，動不動就昏倒。而且，她還很固執，是那種絕不肯輸給別人的性格。我就算遇到考試，也是嘴巴張開倒頭大睡，她卻熬夜讀書。如果我是媽媽，應該也會比較疼她，而不是疼我。

不過，她之所以會讀書，老實說我的功勞也滿大的。她表面上看起來精明，在許多方面卻很遲鈍。一直到好像是小學三年級吧？她都還不會背九九乘法，常常挨罵。我還沒上小學就已經學會所有韓文字，可以流暢地閱讀童話故事了，她卻一直到入學好一陣子過後才會。要不是她這麼遲鈍，否則養五個小孩這麼多年，從沒有教過任何一個孩子的媽媽，怎麼會在家教她呢？不過，令人生氣的是，要是在家學的成果不好，媽媽就會把我叫過去。

「秀炅！妳馬上過來！」

進去以後，媽媽要我和妹妹伸出手，而我就在一頭霧水的狀況下，被打了三、四下，之後她才告訴我原因：

「妳當人家的姊姊，連九九乘法表都沒教她，妳在做什麼？妳說呀！」

這像話嗎？我跟妹妹吃同一鍋飯一起長大，說什麼誰教誰？而且，我錯在生為大姊，已經常常姊代母職了，現在就連課業也要我教？

雖然我覺得很不公平，但為了不被媽媽罵，有時候還是會教妹妹。每一次，我都會趁機報仇，對她拳打腳踢。

媽媽為什麼這樣？為什麼就算我做得很好，她也不稱讚我，妹妹做得不好，她也不嫌棄？為什麼只幫她綁頭髮，不幫我綁？為什麼只叫我做事，餐桌也讓我自己一個人搬？為什麼和朋友出去玩的時候，只叫我帶弟弟妹妹出去玩？從很多方面來看，都可以發現媽媽不公平的待遇。媽媽對我和她的態度差很多，我像撿來的女兒，她卻像獨生女一樣受寵。

某天，如今已一個個邁入中年的四個女兒，和成為奶奶的媽媽一起在美味的餐廳用餐。我看這是個好機會，於是問：

「媽媽，妳現在就坦白說吧！為什麼？為什麼只對我這樣？」

我原本是出於好玩，想要開玩笑，沒想到我一說完，其他人全都插上一句：

「別吵了！大姊妳沒資格這樣說，只有妳上過幼兒園啊！我們家的狀況，上幼兒園合理嗎？」

「笑死人了！老二妳才是百口莫辯。花錢減肥、花錢變美……是誰到處花錢，把家裡搞到破產的？沒上幼兒園有那麼了不起嗎？」

「大姊，二姊！妳們都別吵了。至少媽媽還會買新衣服給妳們，在我印象中，從來都沒穿過新衣服。」

「姊姊們，我要把妳們的嘴巴都縫起來！我最後一個出生，連飯都沒好好吃過哩！以前要媽媽買糖果給我，還被打個半死！」

門牙凸出卻不讓我矯正，害我變成齙牙；長得很矮卻沒給我吃會長高的食物；讀大學時，總要我替四個弟弟妹妹準備便當；沒來我國中和高中的入學典禮、畢業典禮……一一細數過去，發現真不是開玩笑的。原本只是因為好玩而起了這個頭，但說著說著，才發現那些埋藏在心裡，讓人氣得咬牙切齒的事件還真是不勝枚舉。

不只是我，妹妹們也開始妳一言我一語，連珠炮地攻擊媽媽。當然，媽媽就像參加聽證會的人一樣，笑著說：「我不記得了。」我們也跟著笑。這話題原本就是玩笑話，我們一邊捧腹大笑，一邊發牢騷。

我覺得媽媽對妳比較好，妳覺得媽媽對她比較好，她又覺得媽媽對我比較好……我們這才明白，原來彼此都是在認為媽媽偏愛某個人的情況下，一邊生氣一邊長大的。領悟這一點以後，積壓了三十年以上的苦悶瞬間得到了釋放。

然而那天晚上，媽媽的電話號碼出現在手機上，我接了起來，立刻聽見電話裡傳來啜泣的聲音。

「對不起，秀炅。是媽媽對不起妳們，我不知道妳們是這樣看待我的。媽媽好傷心、好難過……會這樣都是為了生活啊！家裡沒有錢，為了養你們，我也沒有別的辦法了。對我來說……可以信任的人……就只有妳啊……」

那天，我和媽媽不知道握著話筒哭了多久。我一面哭泣，腦海裡一面閃過回憶裡的每一天，就像跑馬燈一樣；而還沒三十歲就得生養五個孩子、一輩子都在吃苦的媽媽，那模樣也鮮明地浮現。

「不過，媽媽好像真的老了。怎麼像個不明事理的人，連玩笑話和真心話都分不清楚了……老是啊！是為了生活才會那樣吧？即使窮，也要養得有骨氣。是這樣的話，媽媽要挨打喔！嗯？」

「就是啊！呵呵呵呵。我年紀大，糊塗了。不過，說要打媽媽是對的行為嗎？」

「對耶！哈哈哈哈。看來我也該被懲罰才行。」

俗話說又哭又笑會生病，但我們也沒有辦法。那天晚上，我和媽媽就這樣將過去的艱苦時光悄悄埋藏了起來。

又不是教堂，哪來的鐘聲？

我們家有個不成文的規定，那就是盡可能別跟爸爸講話。除非必要，否則媽媽和我們都不會去找他。雖然爸爸總是在家，卻只有人在，聲音始終處於失蹤狀態，一天大概講不到五句話，不，應該連三句都沒有。而且，他的聲音非常小，如果不豎起耳朵聽，很容易就會忽略。

「爸爸，爸爸，爸爸，爸～爸～！」

一定要連續叫四、五次，他才會回頭看看我們。

跟這樣的爸爸特別聊得來的人，是我們家最小的妹妹。她從不管爸爸忙不忙、有沒有回應、是不是在生氣……非得說完自己想說的、聽到自己想聽的話才肯罷休，是個很有毅力的韓國人。也因為這樣，爸爸跑腿的雜事都是她在做。每次爸爸一喊「老么啊」，小妹就會跑過去聽取命令，彷彿爸爸的部下一樣。

然而，唯一的部下有天開始抱怨：「啊！煩死了！自己叫得那麼小聲，根本就聽不見，還嫌我動作不快一點。爸爸真的很奇怪。」

小妹這麼抱怨幾次以後，媽媽祭出了特別的措施，那就是買一個鐘回家。小小的鐘，單手可以掌握，一搖晃就會發出「叮叮叮」的響亮聲音，是個非常奇妙的東西。媽媽把鐘放在爸爸的床頭，並告訴他，要叫孩子過來的時候就敲鐘。

叮叮。

一開始，爸爸嗤之以鼻，覺得這種行為很幼稚，然而從隔天開始，他馬上就付諸行動。

一大早聽見鐘響的聲音，窩在被子裡的小妹火速爬了起來，一邊想著：「怎麼了？教會在敲鐘嗎？」一邊跑到爸爸的房間。

「趕快去幫我把報紙拿來。」

「哇！爸爸很厲害喔！」起初小妹這麼心想，覺得很好玩，動作也很俐落。但是不到一天，她就累癱了。

叮叮。鐘響了。

「倒一杯水給我。」

叮叮。鐘又響了。

「幫我轉個電視。」

叮叮。唉！又是鐘聲！

「妳媽媽在哪裡做什麼啊？」

噗嗤。持續在一旁密切注意的我們，聚在一起竊笑。此時小妹終於不耐煩地爆發了：「爸爸!!我是女僕嗎？你太過分了吧？」

「妳說什麼？這丫頭真是的！哈哈！」

爸爸也樂在其中，彷彿是開始了一項新的遊戲。過去，他覺得拉開嗓子呼喊很麻煩，於是乾脆閉上嘴生活，但現在，他只要搖一搖鐘，就會有人跑過來，當然好玩嘍！最後，我們乾脆選定值日生，輪流幫爸爸做這些惱人的雜事。

我們就像爸爸的女僕，而把我們變成這樣的人是媽媽。或許是一個人當女僕太累了吧？所以她才會把這些瑣碎的小事分攤給女兒。當時的我，覺得這麼做很自私、無情，是壞父母才有的行為；但現在看起來，卻覺得格外溫馨。

父母對子女的愛，一直到我開始養小孩以後，才能體會個中滋味。子女奉養父母的心意不論有多深厚，從來就比不上父母看重子女的心。不過，縱使這是人生必然的法則，對於不盡子女本分的人，就算採取打罵教育，還是要想辦法教會他們。因為如果不這麼做，子女很可能一輩子都不懂得感謝和尊敬父母。

至少對我們五個孩子來說，爸爸就是君王，是國王陛下。他對我們雖然不嚴厲，但是我們沒有任何人否認他是一家之主的事實。而我們之所以會這樣，當然也是受到媽媽的影響。媽媽總是極盡所能地對爸爸好，所以我們也自然而然地跟著這麼做。想到當時，就會覺得現在和我一起生活的老公很可憐，因為我們根本各過各的，沒有什麼服不服侍的問題。

不過，寫了這篇文章以後，對於自己似乎沒有建立起家長的權威，我也感到有些內疚。因為我，兒子可能完全沒學到該怎麼侍奉父母。

從這方面來看，媽媽祭出鐘聲的策略，讓爸爸備受尊重，這樣的家庭教育確實值得獲得高分。我的媽媽，頭腦真的很好。

Says & Think

要用希望孩子對待你的方式去對待父母。——蘇格拉底

生了第一個孩子以後，因為育兒的問題而住在娘家的年輕媽媽，常常為了育兒的方式和自己的媽媽起口角。

「媽媽！真是的！要我說幾次？因為小孩哭了就餵奶，這怎麼行啊？嗯？」

「不是嘛！孩子都要餓壞了。不然怎麼辦？」

「我說要定時餵奶！難道妳隨時想吃就吃嗎？」

「唉唷！大人和小孩一樣嗎？你們也是這樣長大的。」

「那是幾百年前的事啊？妳為什麼要這樣？跟無知的老奶奶一樣！」

年輕媽媽就像在對待傭人一樣，責備媽媽以後，轉過頭去抱還無法控制脖子的嬰兒。

「我的小可愛，肚子餓餓了吧？很餓吧？再忍一下下，媽媽等等就餵小可愛喝牛奶喔。」

上面這段故事，是婆婆在鄰居家被年輕媽媽的行為嚇到，回來以後重現的

狀況劇。婆婆明明不太會演戲，卻硬是使出渾身解數表演，模仿著那不懂事的年輕媽媽的語氣。

「喂喂喂！我真的是看得瞠目結舌。對待自己的媽媽像在使喚傭人一樣，講話沒大沒小的，抱著孩子講話卻那麼恭敬。她是不是瘋啦？就算沒讀過書也該有一點分寸啊！以後她的小孩也會這樣對她的。不對……我祈禱她的小孩這麼對她！這樣她到時候才會哭著後悔。」

我知道年輕媽媽不是故意的，她大概是因為對象是自己的媽媽，因為彼此相處不受拘束，所以才會那麼做吧？我猜自己可能也跟她差不多，對媽媽做過幾次這種可惡的事情。不過，隨著年紀增長，孩子漸漸長大成人，我開始注意這方面的問題——因為，孩子都看在眼裡。他過去觀察著，現在也密切注意著，等到我老了，他應該也會用耳濡目染之下學到的方式對待我吧？這麼一想，我感到很害怕，於是問兒子：

「欸！媽媽以後老了，你會趁半夜把我帶到深山裡丟掉吧？你會這樣做吧？」

兒子回答：

「媽媽，時間已經很晚了，睡吧！這樣比較好。」

媽媽們顯而易見的謊言

媽媽總是習慣性地說：

「妳們如果不吃飯，就別去上學！」

明明只有白飯配泡菜，沒有任何小菜，

卻說得好像是吃什麼山珍海味一樣。

身為相對聽話的大女兒，

我總是吃完一大碗飯才去上學。

然而，跟我上同一所學校，

機靈的資優生老二，

總是拖拖拉拉地一顆一顆數飯粒。

她說，她是為了等大口大口吃飯的我，

不得已才做做樣子。

之後，過了很久很久，

長大後妹妹才跟我說：

「真的很煩。妳每次扒完飯，

去上課的路上總是吵著想大便，

然後就坐在別人家大門前很久，

害我們動不動就遲到。

真的很討厭。

姊，妳不記得了嗎？

真的不記得這件事嗎？」

呵呵呵！我不記得了。

妹妹當時肯定很不耐煩。噗。

不過，我突然覺得很好奇，

媽媽那時候比較喜歡我們兩個之中的誰呢？

是乖乖聽話吃飯、很會跑腿，

但功課不好、像小豬一樣滾來滾去的我？

還是雖然不吃飯、總做一些古靈精怪的事，

卻很會讀書又很會撒嬌的妹妹呢？

這不是明知故問嗎？
既能省米錢，又會讀書。
媽媽肯定比較喜歡妹妹啊！
但，如果是這樣，
那媽媽為什麼非要我們吃完飯再出門？
看來，媽媽們真的很會說謊。
雖然我現在也身為人母，
但當了媽媽以後，
發現有時候的確需要一些謊言。

都是可惡的酒害的

根據我至今的觀察，在安分守己、斯文而安靜的男人之中，十之八九酒品都不好。我的幾個大學同學、職場上的前輩和後輩、鄰居家的老公，和我爸爸都是這樣。最近的男人似乎進步了很多，比較少發酒瘋，但在我還小的時候，仍有許多鄰居每天都因為喝醉酒而吵架。

我們家也是，只要爸爸外出了，那天就會進入警戒狀態——因為當天爸媽肯定會起爭執。爸爸每次出門都喝得醉醺醺，回家後總是引起各種大大小小的事端。不過，不幸中的大幸是，爸爸成天在家工作，一個月頂多出去一、兩次。

爸爸喝醉回家時，會先和計程車司機吵一架，所以在巷子口就會出現信號了。當大門口傳來窸窸窣窣的聲音，之後會響起他特有的黃海道方言。當然，他那時候總是舌頭打結、口齒不清的狀態。不過很有趣的一點是，平常輕聲細語的爸爸，酒醉時居然也會大吼大叫。

這個時候，原本各自分散的五個小孩會火速聚集在房裡，由長女我帶領大家進行簡單的禮拜。迅速把被子蓋到頭上以後，我們雙手合十祈禱——當然，祈禱文要簡潔又有力！

「奉主耶穌聖名禱告：主啊！請您讓爸爸和媽媽不要吵架，讓我們平靜地度過今晚。阿們！」

結束！不多不少，我們祈禱文的內容總是如出一轍。

天主有時會實現我們的願望，有時則不管我們。既然大發善心了，乾脆每次都實現我們的願望嘛！因為是孩子，就無視我們的祈禱嗎？

爸爸喝醉時，把身上穿的衣服脫下來送人是家常便飯，有時還會帶著一張跌倒刮花的臉回來，甚至曾經跌進沒有蓋蓋子的下水道，被援救過三、四次。那時候，他就像整個泡入糞水後被撈出來的人。

回家後，爸爸總是雙手插在夾克的口袋裡，微微抬起下巴，用挑釁的語氣打招呼：

「大～家好啊！這個家的人真～多！」

媽媽心情不錯的時候，會溫柔地拉著爸爸回房間，但偶爾要是遇到媽媽也不見人影的時候，爸爸就會大聲嚷嚷，甚至把家裡的東西打破，真的很浪費。不過神奇的是，他通常都是丟一些不怎麼貴重的東西。

某天，媽媽故意在廚房裝忙，沒有出去迎接爸爸，爸爸氣得打破了客廳的幾個東西，媽媽這才跑出來對爸爸說了一些不好聽的話。平常爸爸都是大聲說：「怎樣？」但這次卻只是靜靜地撥了電話，然後搖搖晃晃地再次走向玄關。

「臭丫頭們竟然看不起我？等著瞧吧！妳們再也看不到我了！」

我們五個小孩趕緊衝上去抓住爸爸，但是根本拿他沒轍。就這樣，相比之下還算人模人樣的他，出家門後兩個多小時，以完全爛醉如泥的狀態回家。爸爸出去以後，媽媽很擔心，於是拿起話筒按下重撥鍵，我們則是用「爸爸去哪兒了呢？」的表情盯著她。

「喂，這裡是現代修車廠。」

「喔！那裡是修車廠嗎？不是喝酒的店嗎？」

「喝酒的店？這裡是修車廠呀！」

「好，我知道了。」

掛上電話後，媽媽的臉上露出了無言以對的笑容。

「你們的爸爸是怎麼了？現在還會演戲耶！」

「不是喝酒的地方嗎？」

「對方說是修車廠。」

「修車廠？哈哈哈哈！爸爸太可愛了吧！」

那天的事件，最後在爸爸平安回家以後告一段落。這樣的事情多不勝數，但也多虧如此，我們家的女兒長大後都對酒敬謝不敏。雖然我夢想成為作家，但是到大學畢業為止沒碰過一滴酒，也從來沒有參加過任何喝酒的場合。或許是爸爸發酒瘋實在太可怕，因此我光是看到酒瓶，就會出現膽戰心驚的精神異常症狀。

不只是這樣，女兒要結婚時，媽媽鑑定女婿的第一個方法也是：測試對方的酒品。媽媽會讓他喝到失去理智，如果到那個時候都沒有出現任何異常的情況，她才會舉手贊成。多虧媽媽這麼做，我們的老公沒有任何人會因為喝酒而胡鬧。

「輸給酒的人，沒有資格得到我們家女兒這麼漂亮的老婆！」

我們都很喜歡媽媽這果斷的態度……唯獨跟爸爸一樣愛喝酒的弟弟除外！

爸爸能為子女做的最重要的事，就是愛他們的媽媽。——西奧多．赫斯伯格

跟大家說件好笑的事，那就是我們嗤之以鼻的修車廠事件，其實還有後續。當時我們嘲笑爸爸假裝要出去找女人，但……修車廠的女老闆其實真的是爸爸的朋友。這才對嘛！像爸爸這麼古板的人，怎麼可能演什麼戲？更何況他當時已經喝醉了，那根本是不可能的。

我也不知道那個女人是爸爸外遇的對象，還是如爸爸所說的，只是聊天的朋友。當時我們年紀還小，只知道似乎有些不太尋常的事情發生。因為那是我這輩子第一次，也是最後一次，從門縫看見媽媽打了爸爸耳光，那時候我才發現媽媽原來也會頂撞爸爸。

其實爸爸和媽媽滿常吵架的，因此我們家小孩對離婚的應變措施還算充分。年紀還小的我們常聚在一起討論，萬一爸媽分開了，要選擇哪一邊。大部分的人都說要跟媽媽，但我覺得爸爸很可憐，於是抱著擔負起重責大任的

心態說要選爸爸。

對於爸爸愛喝酒、發酒瘋，以及挑剔的性格，不管媽媽再怎麼愛他、尊重他，應該還是感到極度厭煩和厭倦吧？不過，我覺得媽媽真的是個很酷的女人，每次有人犯錯，她總是選擇包容，並說道：「誰沒有犯過錯？難道妳就能做好所有事嗎？每個人都會犯錯，也會原諒別人，或是得到別人的寬恕……我們都是這樣生活的。」

爸爸應該是愛著這樣的媽媽的。因此，不論爸爸怎麼發酒瘋，或是有多難伺候、多不溫柔，我們五個小孩都一樣愛他。因為我們知道，爸爸愛著媽媽。我想，對孩子而言，在他們面前展現父母感情很好的一面，應該就是最好的教材了。夫妻之間的愛，不應該是貌合神離的，而是要像我的爸爸媽媽一樣，連對方的缺點都能接納。唯有如此，父母就算還有做不好的地方、吵吵鬧鬧、大聲嚷嚷，孩子也不會被動搖——因為信任，因為他們相信爸爸和媽媽堅定的愛。

爸爸愛女兒的方式

爸爸從不要求我們讀書，反而都是媽媽說：「讀點書吧！讀書難道是為了別人嗎？」回想起來，爸爸似乎理所當然地認為我們很會讀書，才沒有唸我們。

自從小學以後，我們就住在禾谷洞，這一區的孩子大多上禾谷女中，而我也是從那裡畢業的。禾谷女中的學生畢業後通常就讀附近的高中（因為是採抽籤的方式分發到附近的學校），但我剛好抽到全校只有五個人被抽中的共同學群，進了京畿女高。說到京畿女高，我僅僅是時常耳聞它以前的名聲，從來都沒有想過要進這所學校。而且，那時候京畿女高位在光化門，從禾谷洞坐公車到那裡上課，單程就要一個小時，我真的沒有信心可以承受。因此，就讀這所學校對我來說真的非常為難，但爸爸就不同了。

「喔！朴先生，你過得怎麼樣？找時間見個面喝一杯呀！呵呵呵！你們家的女兒還沒上高中嗎？啊！明年嗎？這樣啊！那個……我大女兒啊……要上京畿女高了。哈哈哈哈！當然，當然要請客啊！好，好。再見。我很快就會再跟你聯絡，放輕鬆等我喔！」

簡直鬧翻了。電視台的PD、配音員們、作家協會的朋友們、攝影作家……爸爸硬是打給這些大名鼎鼎的人物，開始誇耀「我女兒是京畿女高的學生」。我真是要瘋了，又不是考試考進去，而是抽籤好運抽到的，真是搞不懂爸爸怎麼會到處炫耀。

藉由這件事可以發現，比起媽媽，似乎是爸爸更想把兒女們培養成一流的人物……從他不曾嘮叨過一句來看，想必是他認為我們一定會做得很好。然而，過沒多久我就因為進入專科學校，狠狠地背棄了爸爸的信任。或許是認為我既然從有名的京畿女高畢業，應該有希望進首爾或延世、高麗大學，再不然也能輕鬆考進梨花女大，當我從四年制的大學落榜，說要讀兩年制大學的文藝創作科時，爸爸非常失望，一語不發。他的失望，即使用「晴天霹靂」也不足以形容。

勸我重修，甚至給了我補習費的人，是爸爸。不過，媽媽立刻拿走那筆錢，並讓我填了專科學校的志願書。雖然爸爸希望兒女們成為菁英，但媽媽只希望兒女們可以輕鬆地過日子。爸爸認為，從古到今，人就是要處在好的環境裡，才能通往更寬廣的世界；媽媽則不管什麼環不環境的，早一點賺錢安定下來才是王道。面對爸媽截然不同的人生觀，我猶豫不決，最後，比起夢想和理想，我決定遵從注重現實層面的媽媽的意思，二十二歲就出社會賺錢了。

關於沒有選擇菁英的人生，我並不後悔。以結果來說，在媽媽的理念下年紀漸長，我認為是對的選擇，而那同時也是為了尊重自己過去所認真度過的人生。不過，至今我也受過爸爸許多幫助。他偶爾會替我搭起橋梁，讓我得以踩著它往前進，使我在做書和寫文章的過程中，生活得更輕鬆。

從小孩長大到成人的過程中，爸爸沒說過一句溫暖的話，也從未指導過我們什麼，他根本對我們漠不關心……這樣的想法，其實是大錯特錯的。事實上，爸爸一直都在看著，他知道每個孩子具備什麼樣的潛能，甚至能看穿重視實際層面的媽媽所沒能看到的部分。

這就是父母，也是因為這樣，子女永遠無法超越父母。子女無法測量父母的愛有多深，也沒有能力探究父母的想法。「不過還是個孩子，他能懂什麼？」生下孩子後養育的期間，更加深了我這樣的想法。他們不論再怎麼擺出厲害的模樣，終究不過是孩子；而我不管有多少不足的地方，仍舊是他能幹的媽媽。

了解自己孩子的父親才是聰明的父親。——莎士比亞

我覺得爸爸很了解五個不同的孩子，雖然他沒有明確要求我們走哪一條路過，卻在生命的每個瞬間為我們打開了幾道門並等待著。關於我也寫作的這件事，他比任何人都還要開心，甚至期許我能延續他未完成的大作家夢。

「想要當一個好作家，人生不能過得太順遂。如果想要像其他女孩一樣生活，那是沒辦法成為大作家的。妳千萬不要有『草草結婚過生活』的想法，這樣過活可是會一事無成的。要像那個誰啊，有『婚前生子』這種抱負才行。」

某天，爸爸一邊喝酒一邊吃晚餐，把我叫到面前這麼說。那番話的含意，一直到我年過四十才真正明白。我無法成為大作家的核心因素，其實就隱藏在爸爸的話中。想要在人生這條道路上獲取成功，我顧慮的東西太多、做事小手小腳，是個受太多規則拘束的膽小鬼。而我會這樣，應該是受到媽媽的影響。

那天，媽媽坐在餐桌前，將魚肉的魚刺挑出後放到爸爸的湯匙上。一聽

到爸爸這樣說，她甩開筷子怒斥：

「奇怪。你這個人是瘋了嗎？你瘋啦？當人家爸爸的，就只會叫自己的女兒去當未婚媽媽？我真是被你打敗！妳啊……要是想看媽媽去死，妳就儘管這麼做！」

對於不聽重點，光聽表面意思就騷動（？）的老婆，爸爸只說了一句話：

「去拿鍋巴來吧！」

媽媽愛兒子的方式

「我有一個弟弟，
夾在強勢的姊姊和妹妹之間，
他應該是一個很孤單的小孩。
生了三個女兒以後，還想生兒子的媽媽，
順利地懷上了孩子。
然而，她懷的偏偏是雙胞胎——
一男一女的龍鳳胎。
那個年代要餬口很困難，
尤其我們家原本就已經夠窮了，
現在又多了兩張嘴，
到底該怎麼辦才好呢？
媽媽哭了，爸爸則是轉過身深深嘆氣。

要是他們能在受到熱烈歡迎的氣氛之中，
來到這個世上就好了。
自從他們出生以後，爸爸就像啞巴一樣，
閉上嘴巴成天寫稿；
而原本只負責家務的媽媽，
也開始出去賺錢。
為了供五個孩子吃和讀書，
他們不得不這麼做。
弟弟一直到長大，
還是叫我『解接』。
不知道為什麼，每次他叫我『解接』，
當時年紀還小的我就會覺得他很可憐。
『解接？要叫姊姊。』
雖然責備過他，他卻始終沒改過來。
就這樣，一直到二十多歲還在叫『解接』的他……

沒能成為懂事的大人，
反倒變成一個總是被罵、讓家人頭痛的麻煩製造機。
我想起弟弟小時候，
因為沒有人陪他一起玩，
所以他總是在遊戲場流連忘返。
當時我不知道他因為孤單而去了遊戲場，
只是猜想：『他應該在哪裡玩得很開心吧……』
雖然身為大姊，但我那時候畢竟還是個不懂事的黃毛丫頭。
弟弟會依照在遊戲場認識的幾個哥哥的要求，
把媽媽的錢包拿給他們；
或是跟在遊戲場認識，
很會陪他一起玩的哥哥去電子遊樂場。
就這樣，不該做的事他急著做，
該做的事卻往後拖延，
長大成人的過程中，越走越歪。
這種生活伴隨而來的代價，讓他過得越來越辛苦，媽媽也因為養育出這樣的兒子，操心得不得了。
為了唯一的兒子，媽媽的眼淚從沒停過，
那一切的一切，我一分一秒都沒有忘記。
弟弟就讀高中時，有天突然消失了，
那時即將結婚的我，頂著一頭散亂的頭髮，
跟媽媽和準老公到處去找他。
在我的男人面前，我覺得很難為情，
這樣的家醜，讓人好想躲起來。
因此，當我們在鍾路某個只有手掌大的房間裡，
找到蜷縮成一團正在睡覺的弟弟時，
我打了他的背，而且氣得不停發抖。
相反地，媽媽只是把弟弟抱進懷裡默默地哭泣，
然後扶起睡著的他，替他一件一件穿上衣服。
『兒子，走吧！我們回家吃飯吧！』
那時候我才真正理解，
原來媽媽就是這樣的人，這樣的存在……

世上所有媽媽都用不同的方式愛自己的孩子，
哪有什麼公式可言？
有些媽媽愛孩子，
同時也會打罵、責怪孩子；
有些媽媽則跟我一樣，
總是誠惶誠恐地付出關愛。
在我看來，所有媽媽都覺得自己不夠完美，也都很可憐。
無法給我們所有東西，總是感到痛苦的媽媽；
懷念媽媽的擁抱，因此一步步走錯路的弟弟；
以及在他們之間徘徊的我們一家人，
回顧這一切，全都是一段又一段令人心疼的人生旅程。
心……真的好痛。
不知道為什麼，今天尤其如此。
跟各位說這些不美好的人生故事，真的很抱歉。」

要是不寫，便覺得不吐不快，
於是，我在此抒發了一點心情。
我的弟弟如今也是一對龍鳳胎的爸爸，
過著辛苦的生活。
關於父母無法言喻的心情，
他現在應該也正在深刻地學習著吧？

Says & Think

即使遭遇重重失敗與不幸，
也未喪失對人生的信賴，
這樣樂天的人，大多都是在母親溫暖懷抱中長大的。——安德烈．莫洛亞

因為唯一的弟弟，我學到殘酷的人生課題，因此在養育唯一的兒子時，我總是不安地徘徊著。我會因為一點小事而大發雷霆，或是敏感地為了不必要的事情拚命。雖然已經全力以赴，卻每天責備自己養育孩子的方式不對，自責沒能當個好媽媽。

之所以會這樣，是因為害怕。我怕唯一的兒子會像唯一的弟弟一樣，過著艱苦的人生。我希望兒子不必經歷世間的任何風霜，如花朵般美麗盛放。

「我喜歡媽媽這種放任的方式。要不是這樣，我應該早就學壞了。」兒子高中時，曾經不經意地這麼說。

「學壞？你打算怎麼學壞？」

「嗯……很多啊！比方說嚼口香糖、髮線分成二比八、吐口水、不讀書……之類的。」

我想，在成長的過程中，兒子雖然表面看起來很正常，但內心應該也很苦惱、做了許多反抗，只不過我太忙，才沒有注意到。太好了。因為不知道才能這樣啊！如果知道，我肯定會沉浸在擔心的情緒中，甚至沒辦法好好呼吸吧。

我覺得，想要永遠與子女維持良好的關係，似乎得隨時睜一隻眼閉一隻眼和裝傻。尤其是孩子到了青春期，有了自己的世界以後更是如此。雖然他們做事總令人不安、擔憂，有時還會讓人看不下去，但即便如此，我們也不能一一指導他們，畢竟要怎麼長大是他們自己的事。

既然沒辦法替孩子過他們的人生，還能怎麼辦呢？頂多只能像我媽媽一樣，時間到了就把孩子接回家，給我們飯吃。光是有一個即使天空裂成兩半也不離不棄、隨時等著自己的媽媽在，就足以讓孩子激起力量了啊！

古典和國際化

因為智商不高，也沒有什麼讀書的頭腦，所以我敢肯定地說，我是個無知的人。成長過程中，爸爸原本就不太管事，媽媽則因為忙著賺錢和持家，不得不採取「放任教育」，於是，我毫無顧忌地越來越愚蠢。另外，我也不是那種不讀書，但是很愛看書的閱讀狂……不對，其實我滿愛看書的，但其中只有百分之二十是古典文學和經典名作，其他都是青少年羅曼史或大人的言情小說。

在那個年代，廣播比電視更能發揮本身的價值。每次放假，我就會整天夾著半導體收音機晃來晃去。我熱衷於金慈玉《愛的季節》這類傳統戀愛廣播劇，還會聽《星光閃耀的夜晚》聽到很晚，隔天帶著一雙惺忪的睡眼到處晃。曾經，我不眠不休地寫信到《李德華與林藝真的秀》，得到了錢和禮物，甚至到處去追他們的公開廣播。不只是這樣，小學時我跟妹妹兩人手牽手去看過「山鳴演唱會」，差點被擠死。

那時候我很迷歌手全永祿，跟朋友一起去他家門前閒晃，最後還被請進他的房裡。那天，明星哥哥洗完澡出來，和我們面對面坐下，敷衍地聊了十多分鐘。回家以後，我一直抱著自己就是他的女朋友或妹妹的錯覺生活著。

對爸爸而言，我應該是一個丟臉的女兒，因為他一直希望我可以培養知性的興趣。週末晚上，爸爸會把我叫到身旁一起看電影，然後就跟專業的解說員一樣，告訴我導演是誰、燈光導演如何，以及整部片的觀影重點。

「妳知道比讀書更重要的事是什麼嗎？我告訴妳，總共有三件事：第一，涉獵有名的作品，例如優質的書籍或電影；第二是懂得欣賞古典音樂；第三則是英文。只要做好這幾項，妳在這世上便擁有無限潛能。知道嗎？拜託妳多學學這些東西吧！」

陳腔濫調且老掉牙的訓誡又開始了。爸爸說教的內容一點也不有趣，不是談我完全無感的古典音樂，就是要我讀古典文學。因此，每次和爸爸一起看電影時，我總是呵欠連連或偷打瞌睡。被爸爸發現時，他會用一副失望的表情，嘖舌說道：「去睡妳的覺吧！」

即使爸爸如此殷殷囑咐，我卻不理會他的請求，在還沒喜歡上古典文化之前，轉眼間就長大成人了，而且，還是一個不會說英語的大人。我光是追著幻想跑，完全沒有吸收足以支撐生命的養分，只有身體長成大人，並且正以這樣的狀態老去。明明那些事我都可以做到，卻全都錯過了……我為自己愚蠢的往日感到惋惜。

養育兒子時，我將爸爸過去對我的期許，像鸚鵡一樣不停地對兒子說。

「不要再看奇幻小說了！你為什麼老是只看這種書？」

「邊聽音樂邊讀書像話嗎？這樣讀得進去嗎？」

「你真的不去上英文補習班嗎？之後你打算怎麼辦？」

「你不知道你們這個時代一定要會一項樂器嗎？繼續彈鋼琴吧！」

兒子長大的過程中，我對他嘮叨的話加起來應該超過十輛卡車。不過，這些碎碎唸沒有發揮效果……一點也沒有！應該是他小學四年級的時候吧？我們剛好有機會兩個人一起去巴黎旅行，我覺得那趟旅行可以讓他見識很多東西，因此處於極度興奮的狀態。我帶他去了很多他那個年紀根本連想都不敢想的有名景點，包括：羅浮宮、羅丹美術館、奧賽博物館……他卻只專注在遊戲機上。

「傻鎬！你真的要這樣嗎？你知道這些畫多有名嗎？我要你欣賞這些課本上也會出現的世界名畫，你為什麼只顧著玩遊戲？嗯？」

在羅丹美術館時，兒子不想進去展示館，只管坐在陰影下，熱衷於遊戲。我說了他一頓，他卻回答：

「會出現在課本？叫什麼名字？幾年級的課本？」

算了！不說也罷。

然而，原本看似無知的兒子，二十歲以後卻開始買畫冊、看人文學書籍、音樂劇和電影。有一次我和他去看《歌劇魅影》，他沉醉在表演之中的模樣令我覺得好滿足，結束後聽到他說：「真棒。果然能成為經典作品都是有原因的。」我更是高興不已。

大學畢業後，剛找到工作時，我曾經跟前輩一起去看電影《遠離非洲》。看電影的過程中，比我大四歲的女前輩時而發笑、時而哭泣，有時則是嘆氣或發出驚嘆；然而，那時候才二十三歲的我，不是在想別的事情，就是試圖趕走睡意或扭來扭去。到了三十歲，當我重看那部電影，感覺心臟似乎快爆裂了。那部電影如此悵然、幸福且熾熱，「這麼好的電影我當時為什麼看不懂呢？」我反覆回想，並這麼問自己。

「成熟以後才能體會個中滋味」，似乎是人生不變的真理。要是能早一點成熟，就可以學習和享受到更多事物，可惜我總是慢了一步，不過沒關係，即使從現在開始也無妨，從現在開始尋找有價值的東西，以及能賦予生命意義的愉快因子就可以了。唯一可惜的一點是，爸爸沒有等我就先離開了，讓人心裡有些遺憾。要是能當一個聽古典音樂，和爸爸一起暢談的女兒，爸爸的生活也許會更有樂趣吧？那也不是多困難的事情，為什麼我完全不肯為爸爸做呢？唉！總之我這女兒真是的！

Says & Think

永遠都別為了昨天而後悔，
人生就存在於今天的你身上，
而你會創造你的明天。——L．羅恩．賀伯特

「當一個有格調的人吧！」

四十歲以後，我開始產生這樣的心態……不對，正確來說，一直要到長大以後，我才注意到「每個人都有自己的格調」這件事。倘若要補救，我的內在過於空乏，必須填補的東西太多，要清除的壞東西也不少，工程太大了。每當深感自己錯過矯正的時機太久，總是好沮喪。可惡。早知道就該多用點心了！生活環境造成的問題沒有辦法就算了，但爸爸要我養成的優雅習慣，明明只要努力就能做到了啊……

爸爸和媽媽叮嚀孩子的話，大多是他們自己也沒做到的好習慣，我就是其中一個代表案例。你要早睡早起、什麼東西都要學著吃、多讀點書、當一個體貼的人、多讀書成為出色的人、多聽一些好的音樂、讀英文……其實，在嘮叨的同時，我覺得有些心虛。明明自己也做不到，孩子怎麼做得到呢？

如果他們能明白這些事的重要性，那還叫小孩嗎？根本就是大人了吧？

我的兒子有天也會明白吧？很久很久以後，他肯定會了解爸媽說的話有多重要，並且感到後悔。或許這就是人生的循環法則吧？總是要事後才發現，人生無法按照自己的步調進行。

因此，提醒孩子時不必感到心虛。但相對地，我們不能光是要求孩子，而是必須先以身作則。大人用大人的方式，改正自己的行為和想法；孩子則依照孩子的方式慢慢修正，進而成為優秀的人。持續訓練自己當個有質感的人，那麼，「成為比現在更好的人」不就是時間早晚的問題嗎？如此一來，我們的明天肯定也比今天更有價值吧？

雖然要當一個「優秀的大人」還有很長的一段路，但當不愧對孩子的父母應該還算容易吧？不要因為是孩子就小看他們；不要因為自己是大人就執拗；不要掩蓋錯誤；在孩子看不到的地方也保持一樣的態度，隨時充滿真心誠意。如果能這麼率直並認真對待生活，那就是優秀的父母了啊！是不是一點也不難？

媽媽，對不起

我曾經仔細地想過，這輩子我最常掛在嘴上的人是誰？至於為什麼會突然思考這個問題，可能沒有理由，也可能是生活感到有些茫然。

我想了想摯友的名字，也試著喊老公和兒子的名字，但似乎都不是。我莫名陷入沉思：「生活中，有沒有那麼一個名字，是我沒有任何想法時也會隨口喊出來的？」

然後，我想到了。是「媽媽」。原來我最常掛在嘴邊的人就是媽媽。小時候不懂事、無法獨力完成事情，於是我喊著媽媽；青春期時，雖然討厭媽媽，卻又嘟著嘴不耐煩地叫她：「媽媽……」還有，婚後和老公吵架的隔天、因為雙薪家庭和育兒的事情而疲憊不堪時，我也喊了媽媽。

兒子出生以後，我的嘴裡也唸著媽媽。那時候剛生下兒子，當我回過神來，觸摸躺在身邊像娃娃一樣的兒子時，我一邊哭喊著「媽媽」，一邊心想：「原來媽媽是這樣把我生下來的，我卻讓她過得這麼辛苦。」

「媽媽」就是這樣的兩個字，累的時候一喊，便會湧出一股力量。當兒子遇到一點小事也高喊「媽媽」，我就會揣摩他的心情——他是因為沒有自信而呼喊媽媽；或是透過呼喊我，為年紀小小的他注入一股能量。

以前年輕又美麗，跟我在一起時，別人總會說她是我阿姨的漂亮媽媽，某天突然因為中風而病倒，講話變得像小孩一樣結巴，走路也歪歪斜斜的。她非常傷心難過，哭得淅瀝嘩啦。「為什麼會變成這樣……」悲傷的媽媽那時候嘴裡喊的人是「媽媽」——也就是駝背的外婆，就跟我有時候也會喊著她一樣。

看媽媽變得傻乎乎，我因為傷心而生氣，然後，我猛然想起：「看來媽媽終究也到這個時候了。不知不覺之間，我已經來到這個歲數，而媽媽現在是奶奶了。是時候把我得到的東西，一點也不漏地回報她了……」

我想要對媽媽盡精神上的孝道。因為我發現她需要的是我的心意——比起沒能給她多少零用錢，我的心裡常常忘記她的存在，那才是最令人心痛的事情。

時間不等人，大人這句話說得很對。因此，抱著要等生活輕鬆一點、有心思去想的時候再好好表現……這樣的想法是錯誤的。當媽媽還等著我們，在所剩不多的這段時間，我想要好好對待她，這樣以後才不會那麼後悔。

開始練習：

練習愉快地遠離，練習認輸

早知道就該好好保存回憶

為了生存而掙扎時，有時候，不，其實是「常常」，我們會錯過真正重要的瞬間。也因此，每當我們可以喘口氣，有空回頭看看時，總會覺得過去的某個時刻真是美好。不過，這都是沒用的，回頭看做什麼呢？美好的某個時候早已過去了呀！

最近的年輕媽媽，總令我心生羨慕。每次看到她們認真為小孩的美好時光做紀錄，我一方面想稱讚她們，一方面又覺得忌妒。羨慕死了，大家都好厲害，我真是差勁。

她們把小孩的頭髮貼到懷孕以後就開始寫的育兒日記上；將第一次換的乳牙保管起來；也會將一些細微的事情，例如小孩身高和體重的變化、第一次吃副食品是什麼時候……統統寫進感人的日記裡。

每天早上帶孩子去幼兒園或學校時，她們會用手機拍下孩子可愛的模樣。拍照還不夠，她們甚至會拍影片將孩子的聲音與姿態完整記錄下來。

除此之外，小孩的韓式紗布衣、他們畫的圖畫、寫給媽媽的信，以及親手做的各種作品（？），她們也都一一保管，毫不遺漏。

大家都好棒。雖然養孩子很辛苦，但她們全都快樂地珍藏著充滿意義的每一天……真是令我羨慕無比。

那我呢？嗯……別說育兒日記了，我甚至在重要時期把媽媽手冊弄丟。那時候還有某個疫苗要打，但我卻拿媽媽手冊不見當藉口，隨便敷衍了事。也因此，我兒子應該沒有打肝炎疫苗……對，應該沒錯。我這媽媽還真是糟糕。不過沒關係，印象中除了那一個疫苗以外，其他的疫苗應該都已經打了。

另外，母乳就甭說了，我連初乳都沒餵他，也沒替他做副食品。或許是因為連母乳都沒喝過，消化器官出了問題，所以他只能喝豆子做成的奶粉，連優格這種健康的食物，也是一碰就會拉肚子。有了這個藉口，我什麼都沒幫他做，就只是一直餵他白粥。因此，他喝完豆奶粉就直接跳到白粥，然後很快地又進入吃米飯、啃排骨的階段。如果是現在，我一定會認真找一些好消化的東西餵他……然而，當年我這個傻媽媽只顧著賺錢，以忙碌作為藉口，無知又漫不經心。

不只是這樣，我沒有任何可以炫耀小孩手藝的作品，甚至連照片都沒有好好收起來，因此有時內衣抽屜會出現他的照片，有時則是在清掃流理台的時候發現照片。每次我都會欣喜若狂地說：「唉呀呀呀！這是誰啊？誰家的小孩這麼可愛啊？」然後湊上去親吻皺巴巴的照片。我，真是糟糕透了。

跟兒子去旅行的時候也是一樣，我連張像樣的照片都沒有拍。不只國內旅行，就連國外旅行回來，也總是兩手空空。啊！其實我連相機都沒帶（那時候還沒辦法用手機拍照，沒帶相機就沒有照片也是當然的）。當年我的想法是：「有人替我們拍當然好，沒有也就算了。畢竟自古以來，旅行的回憶就是要留存在心裡，照片算什麼啊！是啊，管他什麼照不照片的，沒有把小孩搞丟，有好好把他帶回來就該感恩了啊！」

我好後悔，好後悔，真的好後悔！我為什麼會這個樣子？

不過，如果要我坦白說，其實這些東西都沒關係。即使沒有打肝炎疫苗，兒子也好好長大成人了；雖然跳過副食品的階段，他的體格還是很好；沒有太多照片，在生活上也不會造成什麼障礙。真正令我感到失望的，是自己忘掉了太多事情。我遺忘許多動人的回憶，那些快樂的記憶，因為兒子而興高采烈的記憶，因為那小傢伙而幸福到落淚的無數個日子……如此寶貴的回憶，為什麼我會這麼不小心，把它們忘得一乾二淨了？

他肯定有第一次開口喊我「媽媽」的時候，也一定有過在地上慢慢爬，然後靠著自己的力量站起來，走出偉大的第一步的時候。他應該鑽進我的懷裡過，告訴我他之後想要做什麼。還有，他一定也對我說過「媽媽我愛妳」，並且愉快地在我的臉頰上留下一吻。

我想不起來了，一丁點都想不起來。我記不得他什麼時候做過這些事，也不記得自己做何反應。我笑了嗎？我對他說了什麼嗎？我高興得彷彿要飛上天？還是流眼淚呢……這一切，全都消失得不留一絲痕跡。

應該記起來的，應該好好珍藏的。早知道會這麼快就忘光，當初就應該一點一滴記錄下來。那時的我為什麼不懂這個道理？為什麼傻傻地錯過了那些美好的時光？

若我們珍惜每一個瞬間，漫長的時光便會自然而然地流逝。——瑪莉亞・艾吉渥茲

在兒子還很小的時候，因為看不到未來的盡頭；要做的事堆積如山；要按時餵他吃東西；怕他不舒服，即使是一點小刮痕，心臟也似乎快要跳出來，每當這種時候，我只要看到空白的牆壁，便會將頭靠上去哭泣。他的大便如果水水的，我就好心疼；他的屁股如果因為便便太乾而紅腫，我的心則彷彿要被撕裂了。因此，我總是不停地哭。太疲累也哭；扮演不好媽媽的角色也哭；怪自己什麼都做不好也哭。每一次，我總會想起媽媽，然後又繼續哭。

我知道大家都是這樣哭哭啼啼過來的。一下愧疚、一下感激，一下說我愛你，一下又漠不關心地裝傻或是大動肝火。以媽媽的身分過生活，是一件很可怕的事情。世界上應該沒有比「媽媽」更辛苦的人了。這些我都知道。

我並不是想給媽媽們什麼厲害的訓示，畢竟我自己笨得可以，哪有那個

資格？我只是想告訴妳們，不需要那麼自責、灰心或唉聲嘆氣。妳現在已經做得很好了，要怎麼樣更好？對我們「媽媽」來說，每天都是戰爭。我們不都深刻體驗過育兒戰爭，知道要存活下來有多困難嗎？

因此，我想說的是，不管什麼時候，只要有空，當妳的腦中有什麼一閃而過，只管享受那美好的「瞬間」就對了。孩子們一眨眼就會長大，千萬別像我一樣錯過了才後悔。我想告訴妳們，記得好好珍藏現在與孩子之間最甜蜜的回憶。不論是副食品做得不夠好、不太會持家，或是媽媽的角色還不上手或粗心，孩子根本不知道這些，對他們而言，只要媽媽待在身邊就很開心了。

如果再當一次媽媽，我應該可以做得很好。要是有那麼一天，我想帶著怎麼看怎麼可愛的孩子做好多事。不過怎麼可能呢？不久之後我的年紀都能當人家的奶奶了，再生一個小孩可是會被街坊鄰居笑死的。

如今，我只期許正在讀這本書的妳能這麼做。我希望還在養育年幼小孩的妳能夠幸福，以及世上所有的媽媽都幸福。願妳們放下肩上的重擔，享受和孩子之間美妙的每分每秒，如此一來，歲月便會在妳還來不及察覺的時候，飛快且愉悅地流逝。

片段的回憶

兒子：媽媽，媽媽。

跟妳說一個我在幼兒園聽到的故事，好不好？

我：這樣啊？是很有趣的故事嗎？

兒子：不是有趣的故事，是很可怕的故事。

妳一定會很害怕！

我：我要聽，我要聽。快說，快說～！

兒子：很久很久以前，有一個賣年糕的奶奶，

有一天，她勇敢地去了深山裡面。

「吼～」然後一隻老虎出現了。

老虎說：「給我一塊年糕，我就不吃妳！」

妳覺得奶奶會因為害怕，把年糕給牠嗎？

妳猜奶奶會不會這麼做？

我：那當然嘍！一定要趕快給牠年糕啊！
老虎說給牠一塊年糕就不吃她啦！
兒子：奶奶給了老虎一塊年糕以後繼續走，
可是老虎又出現了，
牠說：「給我一塊年糕，我就不吃妳～！」
奶奶害怕被抓去吃，
應該又會把年糕給牠吧？
可是啊……奶奶走著走著，
這隻壞老虎又出現了。
這次年糕只剩下幾塊，
老虎又說：「給我一塊年糕，我就不吃妳！」
好，妳猜奶奶怎麼說？
我：啊——好可怕！真的好可怕！
那奶奶怎麼說呢？
兒子：不～行～！（*《天線寶寶》常出現的台詞。）
我&兒子：哇哈哈哈哈哈哈哈！

某天，我猛然想起這件事。

當時正值《天線寶寶》這齣幼兒節目席捲大韓民國的時期，

兒子緊緊握著我的手，低聲地對我說：

「不～行～！」

他的一字一句，甚至是當時的語調，我全都還記得。

好懷念那個時候的兒子……我的心肝寶貝。

不～行～！

有一部很想看的電影上映了，
那是名為《小森食光》的日本電影，
內容講述結束都市生活後返回故鄉，
在山脈、田園、溪谷環繞的東北小村莊，
年輕女主角的料理與人生的故事。
當我發現這部標榜日本版《一日三餐》的電影，
我跑去問兒子：
「俊鎬！俊鎬！我們去看電影吧！」
「什麼電影？」
「小、森、食、光！」
「那是什麼？」
「別問那麼多了，走吧！」

「好啊！」

我也問過老公要不要去，但被拒絕了，
他說待在黑暗的地方太久，感覺會很悶什麼的。

大年初一的晚上，
我跟兒子兩個人一起去了新村的小電影院，
雖然觀眾只有五個人左右，
但我還是看得很愉快。
電影很好看，我們馬上就變得飢腸轆轆。
因為那是一部一直在做料理來吃的電影，
而且我們沒有吃晚餐就去了。
晚上十點，與兒子抵達弘大，
我們想著電影裡的食物，
走進日式居酒屋。
點了炙燒鮪魚和長崎什錦麵以後，
他一杯啤酒，我一杯水，

我們聊電影、聊食物……相當愜意。
大學讀書的事、要去當兵的事、
和女友交往時要怎麼做才紳士，
以及一些關於以前的瑣細回憶，
氣氛難得十分溫馨。
「好吃吧？好吃吧？」
「嗯，對，很好吃！」
兒子長大以後，
原來還有這種樂趣啊！
我感到心滿意足。

隔天趁著還在興頭上，我又問他：
「俊鎬！俊鎬！我們再去看電影吧！」
「什麼電影？」
「《如此美好》！」
「算了吧！我不喜歡那種電影。」

「那你昨天為什麼跟我一起去？」
「因為那部電影沒那麼討厭。」
「不要這樣嘛！再陪我去一次嘛！」
「不了，母親大人！請您自己去吧！」
「呃！你這傢伙真是有夠小氣的！」

看來是我太死纏爛打，
厚臉皮地奢望太多了。
不～行～！就到此為止！
好想把我托著下巴，
裝可愛找兒子一起去看電影的那張嘴縫起來。
總而言之，名為「兒子」的孩子們，
實在太無情了。

憂心忡忡

幾年前，辦公室吹起一股露營風潮，而且不只是辦公室，無處一解住在都市的憂愁的人們，也開始帶著帳篷走進大自然。我不怎麼喜歡耗費體力的娛樂，但實在抵擋不住後輩的邀約，說只要人和嘴巴到就好，因此最後也硬著頭皮加入了這個行列。

參加以後發現真的很棒，再也沒有比露營更享受的事情了。涼風徐徐，沒有一絲雜質的陽光灑落，泥土味道芬芳。我們烤肉來吃、啜飲啤酒、聊著契合的話題，好不快樂。原來，露營的目的就是為了這些樂趣。

露營很愉快，我自然地想起家人，包括老公、婆婆，而其中最想的人就是兒子。

「欸，你要不要去露營？」因為很想讓他體會這美好的經驗，有天我這麼問道。

「露營？」

「跟媽媽公司的阿姨一起去吧！很好玩的。」

「我不喜歡那種東西。」

「拜託！你很奇怪。那種東西怎樣？」

「我不喜歡露營，而且和妳公司的阿姨們一起去也很怪。」

「哪裡怪？也有男生啊！拍照的大哥。」

「不了。」

「你現在也是大學生……很快就會去露營之類的活動了……應該也需要事前演練吧！」

「沒關係。」

「呿！你很好笑耶！」

兒子一口回絕，我心想：「怎麼會有這種人啊？」

他這副討人厭的樣子，真的跟我很像——對於沒做過的事總是先產生排斥的心理，根本和我如出一轍。算了，我最了解自己，如果我說不要，最好就放著不要管，再多說也只是白費唇舌。

然而，這傢伙不到幾個月就變了個人，跑來跟我說要和同學一起去露營。

「怎麼？你不是說不喜歡露營嗎？」我覺得很不是滋味。

「那要看是跟誰一起去呀！媽媽。」

「媽媽跟公司的阿姨就這麼糟嗎？」

「媽媽，妳明知道我不是這個意思，別這樣嘛！」

「不然你是什麼意思？嗯？因為媽媽跟阿姨們都是老太婆？」

「噗！是嗎？這樣說好像沒錯喔?!」

算了吧！我再次領悟到「說越多只會傷得越重」的真理。就這樣，兒子去了一次露營以後，之後又去了好幾次。一群年輕人在大自然之中揮灑青春，想必很有趣吧？那還用說嗎？既能外宿又能喝整晚的酒、不用被父母管，怎麼可能不好玩？他們肯定高興得不得了啊！

不久前，兒子突然跟我說：

「媽媽，我跟朋友要一起去豪華露營（Glamping），妳有沒有好市多之類的卡？」

唉唷！居然還要豪華露營？真是玩開了啊！也就是說，他現在這番話的重點是，如果我有大型量販店的會員卡，想要請我借給他。

「你要做什麼？」

「買酒。」

「酒？為什麼一定要在那裡買？」

「我要買伏特加，但一般超市很貴。」

「拜託!!你們一群小不點喝什麼伏特加？喝啤酒就好了啊！」

「我們才不是小不點！總之，妳有沒有卡？」

「你要跟誰去？幾個人？」

「所以妳有卡片嗎？」

「沒有。」

「是喔！那妳幹嘛問得那麼清楚，好像有一樣。」

「你要跟誰去？嗯？」

「不知道。」

「別這樣，告訴我幾個人？」

「四個人。」

「一對一對的？」

「是的～」

嗯……感覺不太對勁。從那個時候開始，各種畫面出現在腦海之中。我想起報紙上男學生MT（*意指Membership Training，集體旅遊。）時惹事的報導，也想起之前在營地時，看過一些幼稚的年輕人做出讓人厭惡的行為，於是忍不住嘆氣。

「我該怎麼辦啊？要不要尾隨他？」

「哈哈哈！前輩！妳幹嘛像老奶奶一樣啊？」

「妳該不會真的要跟去吧？」

我一臉憂心忡忡地去上班，把煩惱的事情告訴大家以後，後輩們便捧著肚子嘲笑我。不只是這樣，出版社的代表聽完以後，更是火上加油。

「其實……在我們那個年代，要是遇到成雙成對的人，隔壁帳篷的單身漢就會過來挑釁，說什麼：『好恩愛喔！』然後大家就會大吵一架。」

啊！真受不了這個人！

就這樣你一言我一語，最後是由比我小很多，也就是現在還很年輕的後輩們，將這個狀況做一個總整理。

「前輩，別為了不可能的事情煩惱這麼多。妳就乾脆一點，買一瓶伏特加給他吧！」

最後，去露營的前一天，我買了一瓶伏特加討兒子的歡心，並且把我擔心的事情都告訴他。

「我是想告訴你……不要因為月色很明亮，就跟女生去陰暗的森林裡……而且，要尊重女生……保護她們。尤其是對喜歡的女生……知道了嗎？雖然你應該不會因為喝了酒就……亂來……」我不敢看他的臉，只是面對著牆壁，用蚊子般細微的聲音小心翼翼地說。

我瞄了一下兒子，觀察他的反應。

他很厲害，馬上就聽懂我的話是什麼意思。或許是覺得很荒唐吧？他沒有大笑，只是噗嗤一聲。

「媽媽！我們不是那種關係好嗎？我們不是那種『一對』。了解嗎？」

「一對都是一樣的嘛！」

「呵呵呵！媽媽去睡吧～」

每次情況不利，他就會叫我去睡覺。真的讓人很不爽！只要對他不利或是無話可說時，他就會丟出這句話。

總之，宣告要去兩天一夜的短暫外宿後，兒子離開了家門。那天晚上，一直下著淅瀝瀝的雨。仔細想想，這世上的壞事大多發生在雨天，為什麼那天偏偏下雨呢？老天真是無情，要是祂知道我有多擔心，怎麼能這樣下雨？我自顧自地嘟囔。

老公靜靜盯著這樣的我，噗嗤一笑後，像兒子一樣對我說：

「老婆，別這樣了，睡吧～」

如果擔心能讓擔心消失，就再也沒有擔心了。——西藏俗語

上大學後，正當我準備張開青春的羽翼翱翔時，媽媽卻毫不留情地將它折斷。我不能喝酒、外宿，也不能超過十點回家。天啊！我真是快被氣死了。大家都去的MT，我一次都沒參加過；其他朋友三不五時喝酒，我也沒喝過。媽媽總是用有色的眼光看著，深怕我遇到不好的對象而耽誤了人生，因此我的戀愛之路總是滿布荊棘。不只是這樣，我才剛上大學不久，媽媽就開始安排相親，好幾次週末拉著我去飯店的咖啡廳。

有一次系上聚會比較久，我到了快十二點才回家，因為太害怕，我找最好的朋友一起回去，心想：「朋友在的話，她應該會放過我吧？」然而，我簡直是痴人說夢！因為她乾脆把我和朋友一起關進地下室的房間。這簡直就是監獄生活。那天晚上，我大肆對朋友咒罵媽媽，甚至說出寧願當孤兒這種話。朋友的個性很成熟、體貼，那天卻也站在我這邊，「妳媽媽好像魔女！」連她都這麼說了，可見媽媽有多誇張。

然而，跟魔女媽媽很相像的我，逐漸也成了魔女。

但是事實上，媽媽跟我都不是什麼壞心魔女，而是擔心魔女——因為有太多擔憂，才會一秒都不鬆懈的魔女。如今，我明白媽媽的心情了。我生兒子都有這麼多擔心的事了，萬一生的是女兒，我大概會戴墨鏡和圍巾，變裝去尾隨她吧？這世界這麼險惡，要我怎麼安心？若是我不保護自己的孩子，誰來保護？

我以為孩子還小的時候，憂慮是正常的，等他們長大以後就不必操心了，然而事實並非如此。隨著不同的成長階段，總是會出現新的問題，讓人絲毫無法放鬆。這麼看來，擔心似乎也是一種習慣和一種病。而我大概屬於庸人自擾的性格吧？否則怎麼會這個樣子？

「相信兒子吧！他到現在都做得很好，不是嗎？他既沒有讓我們操心，也很會照顧自己，妳何必這麼煩惱呢？現在開始，不要再擔心兒子了，擔心妳老公一下吧！」

老公告訴我，該停止了，不要再為兒子操心了。也對，這麼回想起來，其實我擔心的事情從來沒有發生過，向來都是我在自尋煩惱罷了。是啊！是時候放下憂慮了……我再次下定決心。

可是……現在都幾點了？這傢伙到底在做什麼，為什麼還沒回來？該不會去哪兒喝酒喝掛了吧？手機怎麼不開機？啊！我真是要瘋了！

生男生女都一樣！

我跟某個後輩一個禮拜一起工作三天以上，她有一個二十多歲的女兒，我有一個二十多歲的兒子，因此我們只要一見面，就會聊小孩的事情聊到忘記時間。

「前輩，昨天我們家鬧翻了！我女兒到半夜兩點才回家。」

「天啊！為什麼？」

「還能為什麼？為了跟朋友玩呀！」

「喝酒了嗎？」

「那是當然的嘍！神志清醒怎麼會好玩呢？」

「也對……妳說得沒錯。」

「我把那丫頭揍個半死，手機也沒收了，結果她哭得死去活來的。」

「欸！不要這樣，妳要相信她啊！妳女兒又不是那種會胡來的小孩，打罵也要適可而止呀！要是逼得太緊，可是會讓她走偏的。」

「唉唷！這前輩就不懂了，換成是兒子的話，我也不管呀！」

果然，生女兒的媽媽總是這樣說——換成兒子就不會那樣了，因為是女兒才這樣。我覺得她說得似乎沒錯，於是點了點頭。

「昨天我兒子在外面過夜，害我完全失去理智，整晚都沒睡。」

「唉唷！他在做什麼？」

「我怎麼知道。」

「打電話給他呀！」

「我當然打了啊！但是他把手機關了，擺明不想聽我嘮叨。」

「應該是喝酒喝掛了，在朋友家過夜吧？」

「是啊！他早上才躡手躡腳地回家。我不停地唸他，你以為自己是酒鬼嗎？幹麼喝到不省人事？喝了酒以後是想幹什麼？」

「前輩，妳也不要太誇張了。男生這樣也滿正常的啊！要是捧在手心上，把他當成小孩子看，他會被說是媽寶的。」

「唉唷！這妳就不懂了。要是他跟妳女兒一樣聰明機靈，就算他在外面住三晚才回家，我也不會說什麼。真是氣死我了！」

果然，生兒子的媽媽也總是這樣說——女兒有什麼好擔心的？我們是怕兒子不懂事，喝酒喝到失去理智，做出不好的事，才會這個樣子。這麼一說，則換生女兒的媽媽點頭，表示這番話說得沒錯。

「提都別提了，昨天我才跟女兒大吵一架呢！」鄰居有個國高中總是得全校第一名、畢業後上了名門大學的女兒，她嘆了一口氣後這麼說道。

「怎麼了？妳女兒也做了什麼該被罵的事嗎？」

「那丫頭要去兩天一夜的旅行，到出發前一天才跟我講。」

「哈哈哈！她可能是想說反正早一點講也只會被罵，怕會去不成，才那個樣子的吧？」

「我全都知道，她是要跟男朋友一起去！」

「唉唷！這不是很正常的事嗎？我們以前不也偷偷去旅行……妳就讓她去吧！」

「拜託！怎麼可以？我辦不到。我們大吵了一架，最後還是沒讓她去。」

「沒辦法，她現在也到了該離開媽媽懷抱的時候了。妳只能好好教導她不要做一些不應該做的事，然後放手讓她去了。」

「話可不是這樣說的。如果我也跟妳一樣生的是兒子，就不會這樣了！」

看吧！生女兒的媽媽總是說一樣的台詞——如果是兒子，不管他在哪兒做什麼都好，她們可以信任兒子並放手。這種時候，生兒子的媽媽們則會回答：「妳自己養養看兒子就知道了。兒子成熟得晚，也比女兒容易做蠢事，反而讓人更擔心。」

其實兩邊說得都對。不管是生男孩還是生女孩的媽媽，我們說得都沒錯。男孩、女孩一樣令人頭疼，我們的視線一秒鐘也離不開他們。

因此，放手談何容易？要她們送走女兒不簡單，要我大方送走兒子也同樣困難。孩子總有一天會走出柵欄，離開現在的家，然後建立屬於自己的小窩。為了開拓一個新世界，他們會做出一些討人厭的事情……只不過我們現在還看不慣那副模樣。我們不想見到他們滿腦子只想著走向自己的新世界，那種興高采烈的樣子，所以才不肯輕易鬆手。

沒錯，這就是原因所在。雖然擔心也是一部分的因素，但另一部分則是因為委屈和捨不得。雖然媽媽們的說法看似不一樣，但其實可以歸納出相同的結論，那就是我們都不想讓努力養大的女兒被笨男人搶走，不願把耗費精神養育的兒子交給狐狸精般的丫頭。換句話說，媽媽將兒女養大以後，關心小孩和異性相處的問題是很理所當然的事情。

這種心態是無法避免的，因為不論是兒子或女兒，都是媽媽多年的戀人。當媽媽感覺到與兒女分離的時刻越來越近，她們一方面感到欣慰，一方面卻又不捨、難過。

要是孩子能明白這種心情，並且溫暖地對待媽媽，那該有多好？能不能別把媽媽當成神經病，而是去理解她？唉……應該不行吧。如果可以，我又怎麼會那樣離開爸媽呢？

Says & Think

一個女人花了二十年才把兒子撫養成人，另一個女人只花二十分鐘就將他變成傻瓜。

——海倫．羅蘭

「除了爸爸以外，世上所有男人都是小偷。」

有女兒的父母們總是這樣說，包括我爸媽。換句話說，世上所有養兒子的媽媽都是在養小偷。我覺得很委屈，怎麼可以說我的心肝寶貝是小偷！

不過仔細想想，這話似乎說得沒錯。老公帶走青春洋溢的我，把我變成臉上即將長出深深法令紋的老奶奶，確實是小偷沒錯……不對，其實真正的小偷不是老公，而是「歲月」。人生，原本就是由一連串的偷竊所構成的，我們都在互相爭奪中過日子。不過，說是這麼說，我還是會擔心兒子喜歡上不學好的女孩，我都這樣了，生女兒的媽媽肯定更嚴重吧？

「有醫生兒子或法官兒子的話，媽媽一定很開心吧？」

「唉唷！媽媽有什麼好開心？開心的是老婆，因為她們可以用醫生老公賺來的錢好好享受。醫生兒子要看診一輩子，婆婆則是要看媳婦的臉色，可能還沒辦法隨意進出他們家呢！」

「真的嗎？好像也對喔！」

「而且醫生媽媽很容易變成不收兒子錢，幫忙做事的女傭！」

「那不管是當醫生還是當法官，都沒什麼差別了啊！」

「是啊！」

「還是乾脆一起生活一輩子？不要讓他結婚？」

「最好還是讓他結婚吧。不然老了以後還要照顧小孩，到時候可能連腰都挺不直喔！」

「什麼嘛！這樣不就只有生女兒的媽媽最好命嗎？」

「唉唷~真的是這樣嗎？妳的媽媽有因為妳而享福嗎？」

「沒有耶。這麼看來，『沒有小孩最好命』！」

「當然嘍！否則大家怎麼會這麼說呢？我們都錯了。」

是啊！我們都錯了。如後輩所說的，現在已經太遲了。因此，我必須放寬心。我只盼一件事，那就是兒子不要找一個不懂事的人當另一半。不敬重公婆也沒關係，至少跟另一半的相處要夠自在，夫妻倆可以彼此尊重、相親相愛地過生活。不要找跟我一樣隨便對待老公的女孩，而是永遠珍惜老公的老婆。從現在起，我得這麼祈禱，否則過去二十年來努力堆砌的高塔遲早會崩塌。

#「媽媽」這個名稱的代價

就算天空裂成兩半，我也絕不跟孩子一起住，而是要去不錯的療養院或銀髮村。只要存到一筆錢，想這麼做並不難；只要好好找，應該也能找到不會虐待老人家、有貴賓待遇的地方。

「老公，我們必須存錢。之後如果想住不錯的銀髮村，要有一筆錢才行。」

「銀髮村？為什麼要去那種地方？我要跟兒子一起住！」

「不可能。」

「怎麼不可能？我會好好享受天倫之樂，用兒子賺來的錢、吃媳婦煮的飯，還要含飴弄孫呢！」

「你還真會作夢。」

「這哪算是夢？」

「最近這個時代，有人會和樂融融地跟公婆一起住嗎？嗯？」

「我覺得有，而且我認為兒子一定會這麼做。」

「他小時候你也沒有常常陪他玩啊！還想奢望什麼？」

「我是故意的嗎？我也有苦衷啊！總之，我要跟兒子一起住。」

「你真的要這樣嗎？你再說奇怪的話，我可是會打你喔！」

我不願意看到那個樣子。我是絕對不會讓兒子因為公公而被媳婦欺負的。婆婆幫忙做家事、帶小孩，都還有可能被討厭了，公公又沒做什麼事，還得煩勞人一天準備三餐，試問有哪個媳婦會喜歡這種公公？我絕對不能把原本可以活得理直氣壯的兒子逼入絕境，不論如何，我都要阻止這種事情發生。

然而，老公盡是說一些廢話，說什麼要跟兒子一家和睦地生活，害我差點跟他吵起來，都快要出手打他了。男人果然是越活越回去，永遠都不會懂事。他到底憑哪一點，覺得自己有資格這麼做？

「其實妳也想跟兒子住，但是怕兒子會說不行，才事先使出這招吧？」

「哪是！」

「就算妳騙得過全世界的人，也騙不過我。」

「才不是！」

「最好不是！」

「你真的要這樣嗎？」

「知道了，知道了。就照妳說的，不要讓孩子們操心，我們兩個人相親相愛地生活吧！也對啦……誰喜歡已經老到有氣無力的老人家呢？」被我認為不懂事的老公，突然用清澈的眼神這麼對我說。

我感受到了他的真心。在他的眼裡，蘊含對婆婆不夠好的愧疚、兒子馬上就要離開身邊的不捨，以及上了年紀的哀傷……那副模樣讓人很是心疼。這一刻，我寧可他幼稚一點，這樣至少還可以教訓他。

「聽說最近有女兒的父母都很享受，早知道我們就應該生個女兒。」

「老公，你想要好好享受嗎？」

「那不是當然的嗎？」

「我沒有很想耶。」

「那妳想怎麼生活？」

「我只想過自己的人生，擺脫因為兒子而戰戰兢兢的日子，過著只為自己著想，幸福又充滿活力的生活。我也需要放鬆啊！現在該脫離兒子的陰影，好好享受自由了。」

「那我呢？我要怎麼辦？」

「你也要做你想做的事呀！」

「太不像話了。哪有這種事啊～？妳聽好，我會一直追在妳後面跑的！」

當然，我也知道現在說「自由」已經太遲了。兒子離開以後，還有跟兒子一樣的老公會纏著我。這就是女人的人生呀！不過這樣也好，畢竟有個可以鬥嘴和照顧的對象，總比年老後一個人孤單生活來得好。媽媽以前老是得跟在爸爸後面幫忙打理事情，累到腰都挺不起來，等到爸爸離開人世，以為這下終於自由了，殊不知根本不是這樣。最近她說自己還是會想起爸爸，因為思念而流下眼淚。

當小孩離開媽媽的懷抱，年輕時只顧著在外面賺錢的老公，便會來填補這個位置。年輕時為了照顧孩子而又哭又笑的媽媽，在孩子離開以後，還要照顧比小孩更煩人的老公，根本沒有盡頭。看來從成為媽媽的那一秒開始，所有的女人都注定這樣生活吧？

這就是「媽媽」這個名稱的代價。以前我不知道當媽媽那麼難，直到當媽媽二十年後的現在，才真正領悟。培養了二十多年，這麼優秀的成果就在我的眼前……看來當媽媽也難不倒我嘛！看著平安長大的兒子，今天的我再次放下所有煩憂。

吃錢的鬼

我們家兒子很奇怪，只要叫他吃飯，他就會倍感壓力；要是想給他吃一些健康的東西，他則像是要吃什麼苦藥一樣，急忙揮手拒絕。每天起床睜開眼以後，他說的第一句話不是「我不想吃飯」，就是「我肚子很飽」或「又要吃什麼了嗎？」我怎麼也想不通，為什麼睡覺起來肚子會是飽的？難道他的腸胃這麼乖？沒有吃東西也能自己填飽自己，這不是很詭異嗎？

兒子擅長吃的是「錢」。小時候給他錢，他根本當石頭，讓它到處亂滾，或是隨便拿給別人。但是他最近變得很愛錢，每次從我手上拿到錢，那一刻的眼神總是充滿敬意。

身為有點育兒經驗的媽媽，我要提醒各位！那就是孩子長大以後，父母的口袋再也沒有飽的一天，總是空空如也。小孩長大以後，有很多地方都要用到錢，而且金額很大，跟小時候花的錢根本沒辦法相提並論。當然，不只我們家的小孩這樣，所有小孩都是吃錢的鬼。因此，父母必須打起精神好好存錢，否則真的會很慘。

不過老實說，足以把家裡掏空的高額費用大多都是我自己造成的。兒子經過彷彿烏鴉的高中時期，以及猶如無業遊民的重修、三修時期，進入大學以後，我開始擺出貴婦的姿態，想幫兒子好好打理外貌，讓他不管去哪裡都不遜色。

首先是帶他去小學以後就再也沒去過的牙科。他的牙齒狀況很糟，滿口蛀光的牙、正在腐爛的牙、斷掉的牙……以前要是好好刷牙，應該就不會這麼嚴重了。總之，他就是太懶惰。原本去牙科只是想洗牙，做個簡單的檢查，沒想到卻花了一大筆錢——總共一百五十萬韓元。他大概也不好意思吧？用手搔了搔後腦勺，我則是睜大雙眼，孩子氣地說：

「唉！髒死了~你的問題就是太髒！」

再來是皮膚科。在書桌前窩了幾年，他的皮膚爛光光，到了簡直分不出是人臉還是海鞘的程度。想用這張臉當個帥氣的大學生歐霸應該很難，於是我先讓他接受了西醫的治療，把痘痘擠出來、打雷射，花了不少錢。不過這個做法根本沒用，因為睡一覺起來後，又會出現新的痘痘病菌。

接下來換成韓醫治療。醫生說他體內太燥熱，才會一直冒痘痘。吃了六個多月的韓藥、針灸、買韓方化妝品來用、做了兩次清除肌膚表皮的換膚程序以後，他的皮膚確實變得乾淨了一些。然而，每次膚況一變好，他不是喝酒喝到不省人事，就是吃披薩和炸雞……希望他達到我想像中的水煮蛋肌，根本是天方夜譚。於是，最後我放棄了。反正臉是他的，又不是我的。

這一次則是健身房。明知不會去太多次，但為了鍛鍊兒子虛弱的體力，我還是讓他去游泳和健身，又花了一筆錢。總之，投資在他身上的錢，說得誇張一點都可以買一棟房子了。

不只是這樣，每次換季還得帶他去添購衣服、鞋子、包包！而且，夏天要買泳衣；冬天要買皮手套；皮膚太乾要買保濕霜；還要常常送他上髮廊……簡直是一個永遠也填不完的無底洞。

平常花的錢就已經夠多了，新學期即將來臨時，他卻又理直氣壯地跑來告訴我：

「媽媽，學費出來了。」

「媽媽，這次的書費會比較貴。」

我就像是往破了洞的水缸裡倒水的仙杜瑞拉，看著怎麼也填不滿、越來越瘦的荷包，我憂慮地大喊：

「討厭死了！你真的很欠揍。喂！你會不會太厚臉皮了啊？學費應該要自己繳吧？」

說完以後，我先笑了出來，兒子也跟著呵呵笑。

小時候，我們家五個小孩早上常常會排成一列要錢，因此媽媽一早的表情總是很不開心。

「媽媽，今天是繳育成會費的最後一天了。」

「媽媽，我要繳便當費。」

「媽媽，我要買筆記本。」

「媽媽，今天再不買測驗本就不能考試了。」

「媽媽，今天是朋友生日，我要買禮物。」

這時候，媽媽則會回答：

「你們乾脆把我抓去吃算了！把我抓去吃吧！」

每次聽到這種話，我就覺得很煩。這像話嗎？要怎麼把媽媽抓來吃？而且就算可以吃，吃了以後難道就會有錢跑出來嗎？

還有，媽媽常說一些不合理的話，比方說早上跟她要錢時，她會說：

「早上才跟我說現在就要拿錢，是要我怎麼辦？叫我去哪裡生錢啊？」

不想聽到媽媽這麼說，前一晚事先告訴她時，她又會說：

「這又不是什麼值得開心的事，幹什麼動不動就提到錢？去上學時再說！」

到底要我們怎麼辦？就算晚上先講，那天晚上也不可能生出錢來……所以，早上和晚上又有什麼差別呢？反正一樣都沒有錢。

但，我能理解這一切了。直到現在，我好像終於領會了。當時媽媽有多害怕早晨來臨？有多害怕小孩找她？每次打開皮夾，她有多麼恐懼？我不過是養一個兒子，每次提到錢就全身發抖了，更何況是家境貧困還得養育五個小孩的媽媽？每次打開空蕩蕩的皮夾，她不知道流了多少眼淚。

養小孩以後，我真的懂了，為什麼會說小孩是吃錢的鬼。我明白父母總是忍不住掏出皮夾，想為孩子付出的心情；也體會了明明沒人要求，但只要稍微有點餘裕，父母便主動想為子女做什麼的心情。即使舉債度日也想餵飽孩子、把孩子養得白白胖胖……父母這般的愛，著實令人不捨又難過。

我給兒子留下了金錢，無異於給他留下了一個詛咒。

——安德魯．卡內基

我一直認為自己是個很棒的媽媽。雖然不有錢，但是該給的都給了，算是個不錯的媽媽。比起金錢，我更希望把經驗傳承給他，也經常在想，應該傳授他生活的方法。當然，我現在還是認為這樣的觀念是正確的，只是最近總忍不住思考：「我能為兒子留下什麼？」

要是他大學畢業後說要去留學怎麼辦？以後他結婚，還得幫他準備一間房子呢……因為在沒有經濟基礎的條件下生活過，我知道那樣只能賺一天活一天，過著勉強餬口的日子。要是這樣，兒子會過得很辛苦……於是，我下意識地跑到銀行，用孩子的名字登記了一戶住宅請約（譯註：在韓國開售公寓時，第一週以抽籤方式銷售部分房屋，這種方式被稱為「請約」，剩餘的房屋叫「未銷售住宅」。）並瞞著家人幫他定存。做完這些，我對這樣的自己苦笑，心想：「有必要做到這個地步嗎？」

我決定轉換想法——幸好我們不是錢多到淹腳踝的家庭。不是有很多例子都告訴我們，許多有錢人家的孩子因為不懂金錢的珍貴，付出了很大的代價嗎？因此，我決定放下無謂的惋惜。況且我已經教導他正確的觀念，並且幫助他快樂地長大，那麼也可以算是盡完我的責任了。就像爸媽撫養我的方式一樣，我決定也讓他成為像芒草一樣，憑自己的力量站起來的人。現在，只剩下把已經長大成為男人的兒子，好好送到這個社會上了。

不過，從「我給兒子留下了金錢，無異於給他留下了一個詛咒」這句名言深深觸動了我的心看來……我們還真不是普通的窮。

某個春節

「俊鎬，以後爸爸媽媽死了的話……」

「大過年的，幹嘛突然講死掉的事情？這是吉祥話嗎？」

「不是，我不是那個意思……但爸爸媽媽總有一天會死啊。」

「所以呢？媽媽死了以後？」

「不用幫我準備茶禮*，也不必拜拜。」（*節日或祖先誕辰，陰曆初一、十五時，白天舉行簡單祭祀。）

「那要做什麼？」

「仔細想想，我不是很喜歡煎餅，燒烤肉串太乾了，我也不喜歡……」

「如果是因為食物的關係，那要不要幫妳準備義大利麵？」

「你別吵！」

「是啊，我自己也覺得吵。」

「你沒有兄弟姊妹，所以不要為了準備什麼茶禮的，讓老婆太疲勞。你們自己一家人和和樂樂地團聚在一起，享受美味的食物就好。還有，不要煮來吃，那樣太麻煩了，買來吃就可以了。」

「一邊想著媽媽？」

「嗯，一邊想著媽媽。在吃我喜歡的食物時，希望你可以想一想我。想想爸爸、想想媽媽……」

「……」

「想一想快樂的回憶，爸爸媽媽對你很好的回憶。」

「好，這想法不錯。」

「不用準備什麼茶禮和祭祀，只要一年想媽媽一、兩次就好了。」

「一定只能一、兩次嗎？」

「反正你很快就會忘記的。媽媽就是這樣，你外公去世時那麼難過，但現在早就忘得一乾二淨了。不過，你要是太快忘記我……」

「……」

「我好像會有點難過。」

「……」

「當兵」是我的希望

兒子逐漸長大，到了應該入伍的年紀，即將從毛頭小子蛻變為軍人大叔了。與他年紀相仿的朋友之中，有一半以上早就受到國家的徵召從軍去了，他當然也不例外。兒子的體檢成績很好，被判定必須當現役軍人，因此再過不久，他就會接受軍隊的操練，嘗到人生的苦頭了。

某個好朋友要入伍的那天，原本因為放假而晝夜不分的兒子，一大清早就趕忙起床梳洗。

「你要去哪裡？」

「我要送朋友去當兵。」

「既然都要去了，你乾脆也一起進去吧！」

「什麼嘛～」

早早出門的兒子，夜深了才滿身酒氣地回到家。

「你朋友都進軍營了，你是跟誰喝酒喝到這麼晚啊？」

「他爸爸。」

「哦！你長大了不少喔！」

「因為他爸爸很晚才生我朋友，所以根本是老爺爺了。他一直哭，我只好陪他吃部隊鍋，還喝了幾瓶燒酒。」

「天啊！你真的長大了。太棒了。」

因為兒子入伍而哭，很像老爺爺的那位爸爸，最近也常常找我兒子去陪他喝燒酒。每次看到兒子欣然答應，喝得醉醺醺地回來，我總覺得很欣慰。太好了，原來這傢伙不是個無情的人。

「俊鎬，朋友入伍時，你這麼認真去送行，輪到你時有誰會去？大家都去當兵了，沒人了啊！」

「妳會陪我去吧？」

「我應該不行。」

「因為太忙嗎？」

「不是，因為我怕我會哭。」

「那爸爸應該會陪我去吧？」

「爸爸應該也會哭！」

「那我自己去。」

「好。就這麼辦！別反悔。」

「媽媽才不要反悔。」

其實，我既害怕又期待。

關於兒子要去當兵這件事，我的心中有一股隱約的恐懼。到時候就連聽到北韓的金正恩放屁，我應該都會很焦慮。我會隨時豎起耳朵，當個國防部情報通，若是軍隊爆出什麼祕聞或事件，說不定還會乾脆在部隊前面找個房間住下來。我原本以為只有自己這麼誇張，後來才知道其他兒子正在當兵的媽媽也跟我一樣，連聽到踢球的聲音，都會光著腳衝出去看是不是有人入侵。

不過，因為我決定趁著兒子當兵，好好休息一陣子，把這段期間當成自己的安息年，所以另一方面也不免有點期待。我也需要喘息啊！當年才二十二歲就出社會，到現在沒有休息過一天，跟螞蟻一樣勤奮工作，也是時候該放鬆一下了。而且到目前為止，我不知道有多常因為身為媽媽而苛待自己。

「媽媽，俊鎬去當兵以後，我要請假。」

「妳在說什麼啊？」

「我不要煮飯、不要工作，也不要賺錢。」

「那妳要做什麼？」

「我還要想一想。」

「那妳也別呼吸了吧！呼吸這麼麻煩。」

「媽媽太過分了吧！」

從婆婆要我乾脆別呼吸的這句話看來，應該是對我的想法表示默許的意思。當然，老公也是百分百同意，甚至說我有資格這麼做，大力支持。原本以為家人不會同意，但他們一片贊成的氣氛，於是，我懷抱的希望也越來越大。

要去旅行嗎？

到京都生活六個月？

不對，既然都要去了，索性在那邊生活個一年？

還是不要去日本，乾脆環遊歐洲呢？

可是費用要從哪兒來？

錢會從天上掉下來嗎？

要去融資嗎？

反正之後認真賺錢償還就好啦！

自從這樣的夢想萌生，我甚至開始期待兒子入伍。

「你什麼時候去當兵？」

「我？我正在考慮不要當現役兵，想考考看義警。」

「義警？要是上了，那就不用當兵了？」

「對啊！算是替代役。」

「什麼～？不行！」

「怎麼了？什麼東西不行？」

「這樣你該不會要住在家裡，然後上下班吧？」

「也許喔！妳早上可能要幫我準備便當。」

「我的天啊！絕對不行！你一定要當現役兵！一定！」

「媽媽太過分了吧？妳其實是繼母吧？」

我原本正在幻想這輩子最棒的電視劇情節，這下子……竟然淪落成這麼不像話的劇情。不只是到單位上下班，還要我準備便當？管他什麼義警不義警的，總之除非我死了，否則我是不會讓這種事發生的……絕不允許！

「爸爸，媽媽太過分了吧？」

「對啊，你媽媽也真是的！那是妳不知道，其實義警也是要接受安排服役的，不是準時上下班的。」

「那，可以不用準備便當嗎？」

「這位夫人，現在問題根本不在便當，因為要當義警沒有那麼容易，不是考試就會考上的。」

「是喔？那就好！」

「媽媽，我乾脆當職業軍人好了。這就是妳想要的吧？」

職業軍人？那我當然是感激不盡嘍！不管哪裡都好，去吧！兒子。

因此，我的夢想目前還是有效的。雖然對兒子有點不好意思，但是以這個情況來看，結束侍奉兒子的生活，好好放鬆的日子已經不遠了。

Says & Think

人肯當下休，便當下了，
若要尋個歇處，則婚嫁雖完，事亦不少。——《菜根譚》

對於以前錯過的事物，我感到惋惜。雖然一直到四十九歲，都還沒有太大的感覺，但年過五十以後，這種感覺猶如一堆螞蟻，成群結隊地向我靠近。後悔的事情很多，但我現在想說的是，過去的我惶惶不安、毫無喘息的時間，因為擔心和愧疚而錯失許多幸福的時刻。明明可以創造一段孩子和我都很快樂的時光，為什麼當初就是不懂呢？

關於沒有好好珍惜自己這一點，我也感到很抱歉。對爸爸媽媽來說，我也是他們的掌上明珠，然而我滿腦子只有兒子，為了當他的好媽媽，把自己都給拋到了腦後。現在，我真的想要好好休息一下了，因為如果再繼續這樣生活下去，十年以後的某一天，我可能會跟現在一樣後悔。而且，到時候就算想休息，可能也會因為身體狀況不允許而放棄，不，那時候我是不是還活著誰也說不準。畢竟未來的事沒人知道。

我只想玩。

只想有一次活得像自己。

即使可以盡情地玩，我可能也是兩個多小時就會回家，但就算是這樣，我還是夢想著安心享受自己的時光。這樣的夢想，並不是什麼太難達成的事情不是嗎？真的好想伸直雙腿，只思考與自己有關的事，過專屬於我的人生。

等兒子去當兵，我打算把老公交給婆婆照顧，獨自去濟州島的某個地方生活半年。不是希臘的聖托里尼又如何？不是芬蘭的赫爾辛基或法國的普羅旺斯又怎麼樣？只要是能讓我身體休息的地方，都是希望的來源。我不想花一大筆錢，然後到死之前都在努力還債，因此即使是去離家不遠的地方，也會抱著感恩的心情。

去了以後要做什麼？寫文章？學料理？耕田？我現在還沒想到那麼多，只盼年過半百的自己，下半輩子可以過得比以前更自由自在、更平靜。得到撫慰以後，我應該會帶著一顆更堅強的心回來，並靠著那股力量繼續生活，看兒子結婚、幫他照料孩子，就這樣慢慢老去。我希望老公不要三餐都在家解決，因為變成駝背的老奶奶以後還要準備一日三餐，那實在太累人了。不知道老公做不做得到呢？

可是，《菜根譚》為什麼會那樣寫？當下就要休？否則兒子結婚後，事亦不少？啊！真的好煩啊！

這種戀愛

「兒子，我們去看歌劇吧！」

「怎麼突然說要看歌劇？」

「我說啊，《歌劇魅影》的國際表演團隊來韓國了！」

「媽媽，不好意思，那是音樂劇。」

啊！這小子真是的！何必這麼計較？管它是歌劇還是音樂劇，重點是媽媽邀你一起欣賞好東西，說要帶你去看啊！難道你不要嗎？跟媽媽一起行動很像媽寶，覺得丟臉嗎？還是你打算拿著我給的情報，跑去找女朋友？受到兒子的無視後，我噘起嘴。他倏地靠近我，問道：

「不會很貴嗎？音樂劇很貴吧！」

「唉唷～這種程度的事情，不管多少我都很樂意為你做。」

兒子的一句話，讓我原本的不開心立刻消失，自然而然地手舞足蹈了起來。多虧如此，兒子這輩子的第一場歌劇，不對，是第一場音樂劇，是跟我一起看的。雖然那天下著雨，但表演非常精采，而且最重要的是，看到兒子感動的樣子，我覺得好開心。

「哇！真棒。果然能成為經典作品都是有原因的。」

他的一句話，我感到心滿意足。

過了大約一年，我又有一部想看的音樂劇，這次是《鐘樓怪人》。我約兒子一起去看，他答應了，然後終於到了表演當天。

「媽媽，我突然有約，我們等一下在世宗文化會館見面吧！」

「好啊！就這麼說定了。」

走出家門準備赴五點的約時，心情有些奇妙。洗好頭髮、換好衣服後，我照了照鏡子……雖然鏡子裡站著一個別人口中歷經滄桑的老人，但無所謂，今天跟喜歡的人有約，因此我滿心歡喜和期待。

過了約定的時間大概十五分鐘，兒子出現了，我對他揮手示意，他便以一雙長腿朝我邁步而來。那瞬間，我在心裡想著：「這是怎麼回事？跟某個喜歡的人約好時間，精心打扮（雖然沒什麼用）以後出門等他，然後和他一起去做些什麼。除了兒子以外，我還能跟誰談這麼光明正大又青春洋溢的戀愛？」

這些事，我何時體驗過呢？結婚前和老公約過會……不對，在遇到老公之前，也就是大學時，那時候應該也有過。突然之間，過往的回憶一一浮現。

「為什麼只要駝子出現，妳就哭呢？」
「有嗎？」
「哪沒有？他只要出來唱歌，妳就開始哭。」
「真的嗎？我真是糟糕。」
「也對啦……以前跟妳一起看電影《金剛》的時候，那時候我就知道了。」
「那時候我又怎麼了？」
「那時候妳說金剛很可憐，所以嚎啕大哭啊！」
「有嗎？我有那樣嗎？」
「超丟臉的！」
「對不起，我太愛哭了。」
「媽媽，妳該不會是喜歡駝背或金剛那種型的，所以才這樣吧？」
「說不定喔！」

你說什麼，我都好。之後我會繼續變老，你會離我越來越遙遠。你今天說過的話，我會將它們放在心裡，以後一點一點拿出來回憶；而你，應該會在不記得自己說過什麼的狀態下，繼續過生活吧。不過，就算是這樣也沒關係，因為不管你或我，都得依照年紀過我們該過的生活。我不會忘記，今天為了和你一起去看音樂劇，愜意地走在日落的光化門廣場，我人生中的某一天。

熱戀時，因為對另一方抱著期待、幻想，所以不過是遲到十五分鐘，我都會大發脾氣；要是聽到不合我意的話，也會勃然大怒，甚至指責對方。然而，這樣的戀愛還真棒！不惜為他付出一切的人願意陪著我，光是這樣就足以讓我的心澎湃不已了……活著活著，原來還會遇到這樣的戀愛！看來變老這件事，並不完全是悲傷的。兒子，謝謝你！謝謝你今天留給媽媽一個美好的回憶。

這就是第二次和兒子一起看完音樂劇回家，那天晚上我心中的想法。

如果一個人在他五十歲時，看世界的角度和他二十歲一樣，那他就是浪費了三十年的生命。——穆罕默德．阿里

按照兒子的說法，每次《鐘樓怪人》的「駝子」出現，我就會開始哭。駝背的男人——加西莫多，光是聽到他的名字，我便忍不住哽咽；看到他跛著腳出現在舞台上唱歌，我甚至會掩面哭泣。當他真誠地對深愛的女人艾絲梅拉達告白，或是說要守護她時，我低聲地啜泣。回想起來，當年跟年紀還小的兒子一起看電影《金剛》的時候，我好像也是這樣。牠明明不是人類，卻為了守護那個女人而不顧自己的性命……這樣的愛實在令人揪心。

我到底為什麼會這個樣子？

我想，大概因為我是媽媽吧？我知道兒子雖然還有很多不足的地方，但他總有一天得到這個社會上闖蕩、打拚。尚未成熟、仍有許多缺陷的兒子，就算只是看著他，也總是令我一陣心酸。或許是覺得自己很像那些告訴對方「我會守護妳」的傻瓜，才會這個樣子吧？明明一無所有，也沒有什麼過人之處，卻因為心中懷抱著命定般的愛情，即使赴湯蹈火也在所不惜。看到加西莫多和金剛為愛勇往直前的樣子，心臟彷彿被撕裂般疼痛。

讓我等、害我不高興、忘記紀念日、不珍惜我……我談過因為這些原因而分手的膚淺戀愛，也曾不時鬧彆扭、殷殷期盼、依賴對方或是抱怨。我們都是這樣度過二十多歲的日子，並且走到了現在。當時，我從沒想過會有這麼殘忍的戀愛。經歷桀驁不馴的時期，我變成了五十歲的平凡女人。

儘管如此，這世上最美好的戀愛，似乎就是和自己的孩子之間的戀愛。沒有什麼能阻擋這份不合理的愛，光憑身為他媽媽這樣一個理由，就能讓人深深墜入其中，與過去不懂事時的戀愛根本無法相提並論。付出時細心觀察，睡覺時魂牽夢縈，一轉過身就馬上開始思念的愛，除了子女以外，我還沒聽過有誰能讓人做到這種程度……不對，應該說即便有人告訴我這種愛存在，我也敬謝不敏了。是啊！這樣已經夠了。

透過與兒子的戀愛，我成長了一些，變得人模人樣，學到這個世界的道理，也才意識到以前幻想著以自我為中心的人生，是多麼荒唐可笑的事。這麼看來，是兒子教育了我。既然領悟了不只是父母養育孩子……這樣就夠了。兒子讓我明白了生活的法則，我真的很感激。

某個媽媽①

「我說啊……我真的感觸很深。當年孩子還小，我帶著他們去旅行的時候，曾經再三叮嚀他們絕對不能鬆開爸爸媽媽的手。但這次去美國，換成兒子跟我說：『媽媽，妳待在這裡，不要動。好好待在這裡，我回來之前不要亂跑喔。』我笑了。歲月不饒人，這個時刻終究來臨了，現在真的該放手了。我經歷過的歲月，現在輪到你了……如今，我變成一個等著兒子回來的老人。我很感謝，也很抱歉，關於歲月的流逝，以及我的老去。」

某天聽到前輩這麼說，我心頭一怔……因為就好像在說我一樣。

某個媽媽②

「明動回家。」

看見九十歲老媽媽寫在月曆上的潦草字跡，我流下了眼淚。同樣上了歲數、住在首爾的兒子說要回來以後，老媽媽肯定在等待那一天，並且期待著吧？我應該也會這樣吧？將來我也會像老媽媽一樣等著吧？

我的媽媽

「姊姊，我跟媽媽見面了。
早知道就不去自助餐廳了，
起身裝食物對她來說很不方便。
媽媽說腿和腰不聽使喚，
下輩子不開餐廳了，
只想好好睡個覺，
她的願望是盡情地睡。
看來，早上五點起床準備食物和迎接客人，
對她來說太累了吧？
是啊！肯定很累。怎麼可能不累？
媽媽都已經七十多歲了，
換成是我的話，一定辦不到。

我覺得有點悶……
明明有五個小孩，
為什麼就沒有一個小孩能讓她傾吐心事？
這讓我有點傷心。
姊姊，我只是有點難過才跟妳說的，
不要介意，繼續工作吧！」

三妹說很想媽媽，
要請她吃好吃的東西，
跟媽媽見完面，
傳了一封長長的簡訊給我，
把愛哭的我又給惹哭了。
膝下有五個孩子，
怎麼每個都一樣呢？
我莫名地生氣，於是花了一大筆錢——
某天我約媽媽見面，

先是請她吃她喜歡的牛排，
再帶腰和腿不舒服的她，
去做二十萬韓元的全身經絡按摩。
身體享受了將近三小時以後，
媽媽用彷彿開心到快要飛起來的語調打了電話來：
「女兒！天啊！世上怎麼會有這種東西？
怎麼會有這種享受啊？
沒想到我有這種福氣！
一輩子的疲勞好像都釋放了！我說真的！
謝謝妳，女兒！
我一輩子都不會忘記的。」

婆婆的八十大壽

「老公，我們要不要像別人一樣準備壽宴？找樂團來唱歌跳舞那種，怎麼樣？」

「妳有辦法穿著韓服跳嗎？」

「嗯……看來不行。還是買貂皮大衣送媽媽？」

「貂皮大衣？冬天都過了耶！」

「嗯……不然……包一些錢給媽呢？大包一點的？」

「這點子不錯。可是哪來的錢？大包的……嗯？」

「啊！也對。我們沒有太多錢。不可以分期付款嗎？」

幾年前，婆婆八十歲生日。八十年的人生，肯定艱辛又坎坷。我們夫妻倆一直在討論要替婆婆準備什麼活動，卻怎麼也得不出結論。怎麼做才能讓媽媽發自內心地高興？為了這個問題，我們費了不少心思。

「好，我決定了。我們送媽媽去濟州島！讓她跟大姊、二姊三個人一起去，費用由我們負責！」

「拜託，媽媽不知道去過幾次濟州島了，她說不好玩，食物也不好吃。」

「那是因為她之前都去便宜的地方，這一次要走豪華路線！她應該會喜歡的。相信我！我有信心！」

我們選了位在濟州島中文觀光園區的頂級飯店套裝行程，呼～頗貴的。飯店自助餐廳的早餐、戶外泳池區熱呼呼的三溫暖、愜意的酒莊之旅、偶來小路徒步旅行……機票和各種行程、租車、零用錢加一加，真的是一筆很驚人的價格。不過，這筆錢我們還是花下去了。

婆婆原本一直拒絕整個豁了出去的老公和我，後來才終於頭戴花帽、身穿狐狸毛大衣，出發到濟州島旅行了。

「我這輩子第一次住這麼棒的飯店，房間像皇宮一樣，食物也都很好吃！原來過好日子的人真的很多，這麼享受的東西……我怎麼現在才知道呢？」旅行回來後，婆婆這麼說。

聽到這番話，我莫名感傷。這個世界有那麼多好東西……怎麼會到八十歲，關節痛得沒辦法好好走路的時候才見識到？子女們到底都在做什麼？而跟婆婆一起住了二十年以上，將近三十年的我，這段期間又做過什麼？一想到沒能早點讓婆婆看到這個世界的好，內心便感到一陣酸楚。

婆婆的字典裡沒有「奢侈」兩個字，雖然不窮，但她仍習慣將破襪子縫補後繼續穿，還會繼承（？）兒子穿過的舊運動背心，也從不搭計程車。多虧婆婆的精打細算，她的子女才能無後顧之憂地享受這個世界的美好。正是因為這樣把小孩養大，她的孩子現在應該也只想著自己要怎麼生活下去吧？大家不都是這樣嗎？別人的小孩現在也是這麼過活，而且認為那是理所當然的。我的兒子應該也一樣吧？他的腦裡早就只有自己了。

雖然有點晚了，但我決定讓婆婆在剩下的時間見識更多世界的美好。現在充分為婆婆這麼做，以後再叫兒子補償我就好了！我不會像婆婆一樣什麼都不說，而是要趁著還不算太遲以前，跟兒子說我要出去玩。我不要求他以後怎麼孝順我，只要偶爾帶我去好地方、讓我看看厲害的東西、買美味的食物給我吃就好。我會理直氣壯地要求他跟我一起玩，不會因為害怕造成他的麻煩而小心翼翼。不過……能不能做到這件事，還要等到很久以後才會知道。

聽到我這麼說，二十歲出頭的兒子自顧不暇地回答：

「唉！看來我不要結婚好了。因為媽媽，我應該很難結婚。我說得對吧？妳覺得呢？」

是嗎？但就算你不結婚，我也一定要用這樣的方式變老……

對兒子說大話說著說著，我自顧自地笑了。想得還真美！以後我真的能這樣自信滿滿地對兒子說嗎？

像我這樣的媳婦

至今跟婆婆一起生活了二十五年，剛開始我無論如何都想好好表現，即使裝模作樣也要成為模範媳婦；然而幾年過去，我開始意識到服侍婆婆不是一、兩年就能結束的事情，我們必須一起生活一輩子，我沒有辦法永遠這樣過日子，於是便放棄了。

我為所欲為，想做什麼就做什麼。有時我會頂撞婆婆，跟她大聲吵架；有時熬夜工作太累，隔天就會繼續睡大頭覺，不起來替她準備飯菜；當我在打掃時，會請婆婆幫忙摺衣服；煮飯時，也會請婆婆幫忙削馬鈴薯。即使一週有三、四天都到清晨才回家，我也理直氣壯，「是為了工作才這樣，這是應當的。」我這麼心想。有時婆婆一直講些奇怪的話，我則會說：「媽媽，妳想挨打嗎？」這時候婆婆則會回說：「妳先吧！」

當然，我們的相處不是只有這樣。怎麼可能只做惹人厭的事？偶爾我也會做一些討人喜歡的事情，例如跟婆婆兩個人去看電影、遊手好閒地躺在一起看電視劇、烤地瓜吃、共享一碗炸醬麵，有時回娘家，我也會跟婆婆一起回去。我送她跟大姊、二姊一起去旅行過，她和我、老公、兒子四個人也會一起去海外旅行。

從「你們自己去吧」到「不知道走不走得動」，然後變成「好，去一次看看吧！」的婆婆，自從旅行回來後，有好幾年總是說一樣的話：

「秀炅，那時候真的很棒吧？回來以後，我常常都會想到。我們改天再去一次吧！嗯？」

就這樣，我和婆婆成了朋友，兩人常常一起罵老公。每次家裡沒人，只剩我們兩個人的時候，老公總是成為箭靶。「媽怎麼會這樣養兒子啊？」我氣呼呼地說，婆婆則回答：「我也覺得。不過妳也沒有資格說別人，妳兒子還不是一樣！」

那些快樂的，傷心的，不高興的，滿足的，彷彿受到祝福的，好運的，難過到快要死掉的日子……在這麼漫長的人生中，虛假是沒有用的，因為那樣很快就會露出馬腳。想要一起生活，只能順從自己的本性、習慣和想法。也許是年紀輕輕就受過太多苦，也許是為了生活，才二十五歲便嫁作人婦的我，很早就明白了這個道理。如果不這樣，要我怎麼活下去？

在婆婆身邊待了二十五年，跟她一起上了年紀的我，現在還是很有自信，總誇口說如果還有像我這樣的媳婦，就出來讓我看看！這時婆婆則會嗤之以鼻地說：「花招還真多。」但即使如此，我也不被動搖。妳們問我為什麼？因為我覺得世界上沒有像我這樣的媳婦了啊！

「那妳呢？妳以後遇到像妳這樣的媳婦也沒關係嗎？妳這麼厲害的話，就讓跟妳一樣的媳婦進門看看啊？」

在寫這篇文章時，我重新認真地思考這件事。一想到再過不久，我也要當人家的婆婆了，這再也不是無關痛癢的問題。

像我這樣的媳婦……我才不要。表面上擺出一副女兒的樣子，愛怎麼樣就怎麼樣，背地裡卻不知道罵過婆婆多少次。嘴上說要一輩子一起生活，心裡卻總是懷抱著不滿，至今也有過無數次想獨立、想當女主人的念頭。而且，我雖然說自己的生活沒有虛假，但其實連那種話都是一種虛假。我並不是樂於這麼做，而是逼不得已的，卻還裝作不是，演技真是了得。太狡猾了！

我和婆婆就算了，一想到兒子如果遇到我這種老婆，我就全身發抖。我希望他的老婆不要像我這麼強勢、不要像我對老公一樣隨便，也不要將自己的工作看得比老公還重。還有，雖然不用以夫為天，但至少要達到以夫為天花板的程度！此外，我希望她是個質樸的人，對於這輩子能成為這個男人的妻子，感到快樂和感恩。

我很失望……原來我這麼普通、這麼糟糕。不過，就算這樣，我還是不想改變自己的心態。正是因為如此，狗血劇才有市場吧？就算不喜歡還是忍不住看下去。我突然想起結婚時，婆婆對我說的話。當時她不知道去哪裡合了八字，然後跑來斬釘截鐵地告訴我：

「妳要是讓我兒子變成眼裡只有老婆的人，可是會被我教訓的喔！」

沒錯，不行，絕對不行。怎麼樣都沒關係，但絕對不能讓我這種媳婦進門。我也知道我總是一副驕傲的樣子，只記得自己做過的好事，整天光提自己辛苦的事情。所以，如果是我這種媳婦，我絕對會極力阻止。我是怎麼把兒子養大的，怎麼能允許這種事發生？

我這麼告訴婆婆以後，她拍手大笑，激動地附和。咦？這是怎樣？雖然我覺得有點不太高興，但還是算了。

「俊鎬，我看你可能會因為你媽媽，成天被你老婆唸喔！你媽媽折磨媳婦應該很有技巧，一面對她好，一面又激怒她。奶奶說得對吧？你覺得呢？」

聰明又會察言觀色的兒子回答：

「奶奶也要負一部分責任吧！媽媽和奶奶都一樣！」

這次換我拍手大笑，暗自嘲笑婆婆活該。不過靜下來想一想，這才發現婆婆和我都被年紀輕輕的傢伙給奚落了。我空虛地說：

「媽媽，這世界上真的沒有人可以信任耶。對吧？」

在你的背後，耀眼的那天

既不是三個，也不是兩個，我只有唯一一個兒子。然而，一直到他遭遇失敗後再次挑戰，跌倒後重新站起來，靠著自己的力量讀書上大學為止，我始終沒有搞懂大韓民國的考試制度。好混亂。國語、數學就是國語、數學，A型和B型是什麼？難道考試也有分血型？

早期招生和正規招生就算了，哪來那麼多困難的單字？入學查定官制、學生簿教科、學生簿綜合、特別管道和一般管道……啊！我不懂啦！到底在說什麼？農漁村特別管道是什麼？晚入學管道又是什麼？而且就算成績出來了，我也毫無概念。明明可以簡單地以一百分為滿分來計分，為什麼要把計分方式搞得那麼複雜？還有，每一所學校招生的方式都不一樣。這是在開什麼玩笑！全都用一樣的就好啦！

我曾經對正在三修的兒子說一些沒用的話，結果被他罵：

「欸，聽說有晚入學管道耶！你應該可以申請這個吧？你不是算晚入學的人嗎？」

「那是像媽媽這類的人，想要上大學時的申請管道。」

「像我這類的人？你是說像我這樣的老太婆？」

「啊！媽媽真是的！我現在壓力很大，拜託妳不要煩我。」

我認為最好不要煩他，因此十二年來幾乎沒有干涉過。然而，世界的變化實在太大了，我原本以為考試只看成績，沒想到竟然還要擬定「策略」。像我這種對考試一無所知的媽媽，根本不懂什麼策略。於是，我才明白這段期間兒子有多孤單，對他感到很抱歉。因為沒有臉面對他，我完全不敢吭聲。我們的孩子每天都暴露在許多傷害之中，當初我要是細心照看，並且將傷痕仔細縫合，就能減少兒子身上的傷疤了……

終於到了兒子大學入學典禮的前一天，老公很焦慮，說自己胖太多，沒有一件西裝穿得下。「這是值得炫耀的事嗎？」我數落他。婆婆則是拿出韓服，極度專注地熨燙著，不管自己的兒子是要穿內衣褲去，還是穿運動服去。而身為婆婆的媳婦、老公的老婆、兒子的媽媽的我，為了看起來年輕（？）一點，正東翻西找著衣櫃裡的衣服。

「媽媽，妳在做什麼？」

「嗯？我在想要穿什麼。」

「妳要去哪裡？有人要結婚嗎？」

「不是，明天要去你的入學典禮啊！」

「入學典禮？」

「嗯！」

「我沒有要去耶！」

「什麼意思？」

「我說我不會去入學典禮。」

「你怎麼了？你瘋了嗎？學生怎麼能不去入學典禮？」

「我明天有約了。」

「太不像話了。」

「最近沒什麼人會去入學典禮。」

「喂!!」

「你們自己去吧！好好參觀完，回來再告訴我。我有約了！」

果然，說到善於讓別人功虧一簣的才能，大韓民國沒有人贏得過我兒子。他每次都這樣。當別人滿心期待且興奮，他卻沒有任何情緒。「什麼啊？怎麼會有這種人？」他就是足以讓人產生這種懷疑的類型，潑別人冷水的天賦與生俱來。我又哄又騙、好說歹說，甚至拿出五萬元，一下又加到十萬元，藉由祕密交易換取他去參加自己的入學典禮，這像話嗎？

總之，隔天到了，入學典禮近在眼前，為兒子挑了很有型的棕色毛夾克和牛仔褲，他穿上以後，我一直看著他。這傢伙長大了不少呢！現在已經變成男人了！我掩藏不住喜悅，即使緊緊閉著嘴巴，還是忍不出笑出來。

「我搭公車去。」

「閉上你的嘴。」

「我說了要搭公車去。」

「你這傢伙！我載你去！」

擊退奶奶和爸爸，媽媽雀屏中選！就像對待剛挖掘出土的文化資產一樣，我載著兒子到學校去。雖說是學校，但這可不是一般的學校，而是比別人晚兩年，好不容易才上了的大學啊！因此，身為媽媽的我，只有滿滿的感激。這一天終於到了！我不知道有多開心。

「辛苦了。」

「辛苦什麼？」

「為了進人人都讀的大學。」

「是啊！這賀詞說得剛剛好。」

要找到適當的賀詞並不容易，我想不出恰如其分又不會太肉麻的台詞，因此，雖然有很多話想對兒子說，話到了嘴邊，卻說不出口。

「心情很好吧？」

「為什麼？」

「你要當大學生啦！我入學典禮的那一天，開心到蹦蹦跳呢！你應該也一樣吧？」
「沒有啊。」
「什麼？難道你不高興嗎？」
「嗯……也沒有不高興……我只覺得牛仔褲有點不舒服。」
「算了。」
「唉唷～」
說了牛頭不對馬嘴的話以後，也許是覺得難為情吧？兒子笑了笑。
我瞥了他一下……那張臉真美。
「不過，俊鎬……」
「怎麼了？」
「謝謝你。」
「不要這樣。」
「呵呵。」
送他去上學的路上，我們說了一大堆廢話，其中參雜些許的真心話。陽光刺眼，兒子好幾次皺起眉頭，一下拿我的墨鏡戴上，一下又摘下來；一下打開遮陽板，一下又收起來。看來他也很開心，內心有點期待嘛！身為他的媽媽，我怎麼可能看不出來。

不過，我沒有說出來，兒子也沒有表現出來。要是我太不識相，他那天肯定會跟我作對，不去參加入學典禮。我怎麼會不知道我兒子的習性呢？沒有這點功力，我怎麼養他二十年？我們之間的默契不知道有多好呢！

最後，因為兒子要我讓他在公車站下車，所以我並沒有看到入學典禮……不對，應該說我連校門都還沒到。雖然有點可惜，但是聽見在我面前說：「我出發嘍！」然後漸漸遠去的兒子，他的聲音是如此開朗，便覺得值得了。兒子從幼兒園到小學，然後經過國中，一下子長到了高中，我突然想起每次他離我越來越遠，走進校門的時候。正如以前痴痴地望著他，那天我也佇立看著他看了好一陣子。在他的背後，望著那絢爛的背影，我不停地發出一些俗氣的台詞：「我的孩子太棒了！Bravo！My Life！」

等待兒子的「那個女孩」

我從來沒看過做事天衣無縫的新手。他們的眼神、神色、打扮和動線，我全都看在眼裡。雖然他們刻意裝沒事，或是想要表現出厲害的樣子，但總是會露出馬腳。所以說，千萬別小看早已經歷過那個時期的前輩。高手可不是浪得虛名的！

媽媽是這個地球上最厲害的高手也是達人，因此，不管做什麼都還屬於新手階段的兒女，根本不可能瞞得過媽媽，尤其是自己的媽媽！

「媽媽，這件衣服有味道嗎？」兒子一反常態，突然拿著衣服要我聞聞看有沒有味道。

怪了，他有女朋友了嗎？

「媽媽，這是抹頭髮的髮蠟吧？」

咦？他為什麼突然要抹那個？抹了以後味道很香，應該會吸引一堆女孩吧……

「我好像比較適合深色的衣服，這件衣服太亮了，我不喜歡。」

他原本都乖乖穿我準備的衣服，卻突然開始找碴。什麼啊？是哪個丫頭叫他不要穿亮色系的衣服嗎？

「媽媽！我不喜歡這種風格。」

哇！你們看看！他說的話未免太好笑了吧？哪來這麼多問題和毛病啊？花樣還真不少！動不動就說那不是他的風格，簡直要把人給逼瘋了。他哪有風格可言？整天就只會穿牛仔褲配T恤，跟人家談什麼風格！

無庸置疑的，他肯定是有女朋友了，而且對方應該是一個注重打扮的女孩。不能是這種女孩啊！評斷男人得依據品格和實力，注重造型的女孩會裝腔作勢，這樣不行啊！

在事情還沒有一個確切的結論之前，我的內心已經開始各種幻想。

兒子小學畢業時，我買了一本厚厚的筆記本，目的是為了親自記錄他的成長過程。我準備了很有設計感的幾卷膠帶，打算用來黏貼照片，另外還準備了畫畫用的色鉛筆組、畫底線的螢光筆、用來把筆記本好好綁起來的皮繩。我屬於那種一旦開始做什麼事，就一定要把工具都徹底準備好的個性。不過，就這麼耗費苦心準備的人來說，我還真沒看過有人能貫徹到底。

我常常因為兒子的快速成長而感到驚訝。身為雜誌記者媽媽，我總是活在截稿的生活中，每個月截稿後打起精神一看，才發現眼前有個令我狐疑「你是誰？」的孩子。我很愧疚，也很傷心。還沒為他留下一點特別的回憶，他就逐漸變成大人，那令我感到十分害怕。因此，我準備了筆記本。

其實，我打算等兒子的戀人出現後，把那本筆記本交給她。我指的不是單純的交往對象，而是

「真正的戀人」，我兒子真心愛的人……我想把如實記錄著我和兒子的人生的那本筆記，連同兒子一起交給她，並且告訴她：「拜託妳了。」就像爸爸牽著我的手走進婚禮，將我託付給老公一樣，我也想好好送走兒子。

有很多事沒為他做；總是讓媽媽的位置空著；他其實是個有些孤單的孩子……這種話要我怎麼從嘴裡說出來？

其實我並沒有想過要用這種方式養育他。兒子是我這輩子唯一的一次機會，也是禮物般的存在，我想將他培養成一個優秀的人，也希望他得到滿滿的母愛，成為光彩奪目的孩子。可惜，我並沒有做到……這些話我也想一併寫進去。

我還想寫道，即便如此，兒子從沒有責怪過我這個不夠稱職的媽媽，而且是個很善良的孩子（雖然這麼說有些誇張）。他有一種奇怪的勝負欲，是一個想做的事情非得做到不可的傻子。雖然他表面上對待任何事都像在開玩笑，但還是有真心、溫暖的一面存在。另外，我還想寫道：「他的個性看似爽快，但其實很謹慎、容易焦慮，而那都是因為我——因為他很像我，也因為他從小就得自己做好我沒替他做的事情。」

我還想這樣寫：「麻煩妳了，現在起就靠妳了。請妳好好疼惜不夠完美的他，不要像我一樣拋下他，不要讓他感到寂寞。生活中要是遇到什麼困難，請妳站在他那邊。那臭傢伙龜毛的飲食習慣是我沒有教好，要罵就罵我吧。」

我打算還要寫：「把我的位置交給妳以後，我不會干涉你們的生活。我很忙，沒辦法常常去看你們，而你們應該也不會喜歡我常去。我是個職業婦女，不用給我零用錢；你們自己生活就夠忙了，不必擔任女兒的角色照顧我。我會盡可能走得越遠越好，隨心所欲地到處飛翔。因此，妳只要做一件事，那就是好好跟我的傻兒子過日子，這樣就夠了……」

辦公室的桌子下馬上就要變成倉庫了，整理到一半我發現一個大箱子，於是狐疑地打開。是筆記本，還有色鉛筆、螢光筆、圖案精美且未拆封的膠帶。我嚇了一跳，打開一看，發現裡面這麼寫著：

「給我的兒子，文俊鎬的另一半……」

就只有一張字跡工整的手寫信，然後……後面一片空白。

如果這麼簡單，那就無法從中獲得任何樂趣了。——文森．梵谷

梵谷寫給弟弟西奧的信中這麼寫道。

是啊！說得沒錯。我想，這段話也適用於養小孩吧？如果太容易，應該就無法感受到這種無與倫比的快樂了。要結束與兒子的戀愛也一樣，那是一件很困難、會使人飽受煎熬的事情，即使嘴上說結束了，卻是騙人的，當肉體層面終止，心還是一直追著他跑。不過沒關係，我會再次整理自己的思緒，不管重複幾次，只要持續下去，總有一天會辦到的，不是嗎？

我將最後期限定在兒子的真愛出現的那一天。如果是我兒子喜歡的人，我喜歡的機率應該也很高。到時候，我會把兒子照亮我心的開關關掉，將燈火轉交給他的另一半。「好了！現在起我不管了。不論是好是壞，你們自己好好生活下去吧！」我打算這麼說完，然後趕快逃跑。

雖然我很希望這天趕快到來，兒子卻一直說些奇怪的話。

「你真的沒有女朋友嗎？」

「我還要當兵，交什麼女朋友啊……當兵回來之前，我不會交女友的。」

啊！看來想要結束跟兒子的戀愛，至少還要等兩年以上。唉！我真是要瘋了！好想趕快把他送出去啊!!

人生的優先順序

媽媽生日的那天，正巧是我忙得焦頭爛額的時候。

「姊姊，明天跟媽媽說好要一起去吃好吃的東西，妳可以來吧？」

「不行，怎麼可能！我現在正忙著截稿。不過，怎麼突然說要吃飯？」

「什麼?!明天是媽媽的生日啊！妳忘啦？」

「真的嗎？媽媽的生日怎麼這麼快就到了？」

「大女兒太過分了。我要報警!!」

這麼回想起來，每年準備媽媽生日的人總是弟弟和妹妹，我則像會長一樣，接到報告後才趕緊過去。真是個壞女兒。

「妳知道妳和奶奶的相似點是什麼嗎？奶奶睜開眼就喊不舒服，妳睜開眼就喊忙。」

很奇怪地，兒子突如其來的話語，竟然像刺一樣扎入我的心裡。仔細想想，生下他的二十年來，我最常說的話似乎就是：「媽媽今天很忙！之後再做不行嗎？」在兒子二十年的人生裡……我似乎沒什麼存在感。不管是新學期家長會，或是要替兒子準備生日派對、大學入學典禮時，我都在忙，所以總是敷衍了事。真是個壞媽媽。

有時候，我雖然正努力地奔跑著，卻覺得自己好像迷路了，搞不清楚身在何處；有時候，我則對未來感到一片茫然，不知道自己到底要去哪裡。當我們無法從正在做的所有事情裡找到任何理由，當我們反問自己現在為什麼要這麼做的時候，應該都有過這樣的感覺吧？

每個人都有「要忙的事」，也有「想做的事」與「非做不可的事」。然而，生命的優先順序通常傾向「要忙的事」，因此我們告訴自己：「先把這件事解決再來做。」然後將重要的事情拖延了二十多年，或是心想：「這禮拜很忙，下禮拜再來做吧！」結果「下禮拜」永遠都沒有到來的一天。

我有想過的生活、真正想做的事情、想見的人，也有想完成的夢想、不想經歷的事情，卻因為有所顧慮而猶豫不決，無法順從自己真正的渴望，只能像蜉蝣一樣過日子……最近，我為這樣的每一天感到可惜，也有點厭惡自己像貪吃鬼一樣，光是將時間囫圇吞下肚。

義大利女作家蘇珊娜．塔瑪洛，曾在《依隨你心》的結尾這麼寫道：

「當妳面前有許多條路不知道該如何選擇時，不要隨便挑一條，要坐下來等。像妳來這個世界的那天一樣充滿自信地深呼吸，不要為外界分心，等待再等待。別動，在靜默中，傾聽妳的心，等它跟妳說話時，妳就站起來隨它去吧。」

這本書讓我十分愧疚，因為它讓我意識到自己沒有從心所欲……因此，我反覆閱讀，畫上底線，並將這些話牢記在心。

我想把讓自己變幸福的方法擺在人生的第一順位，不要絞盡腦汁只為了給孩子幸福，而是要讓他憑自己的力量找到幸福。我該做的，只有讓他在每條路的轉角都能看見媽媽開懷大笑的臉孔。如果這不是真正的幸福，那什麼叫做幸福？

我必須先好好活下去，才能毫髮無傷、順利地結束與兒子的戀愛。

為了做到這樣，不只是身體要行動，心靈也要力行。人生中，有時也需要鼓起「依隨我心」的勇氣。

Says & Think

不要太快合上書本，
因為在生命的下一頁，
將會發現另一個精采的自己。——西德尼．謝爾頓

不要過於小心；
不要還沒嘗試就垂頭喪氣；
不要想太多，白白浪費時間；
面對生活，不要嗤之以鼻，
彷彿早已洞悉一切。
有人為你花了一些心思，
不要裝作不知道；
當你沒能為某個人做任何事，
也不要認為那是理所當然的。
不要看不起自己，
認為自己生下來就是這副模樣；

也不要狂妄自大，
以為自己樣樣好。
不要因為別人嚇唬你就感到害怕，
也不要膽大包天地生活。
不要想用音量來贏過別人，
也不要用敷衍的話語傷害某個人。
不要低聲下氣想獲得誰的心，
也不要為了沒必要的事情費心。
當你遇到不幸的事情，
不要馬上接受。
當你受到萬般稱讚，
也不要完全鬆懈。
不要認為今天是末日，
也不要過度相信明天一定會到來。
不要害怕跌倒，
也不要羞於重新站起來。

不要只想在書中找答案，
也不要斷言書裡沒有解答。
因此，千萬不要太快就合上人生這本書，
因為沒有任何人知道未來會發生什麼事。
別忘了，你現在還在路上，
你仍在行進中。

媽媽以前不懂，
不知道必須這樣生活……
不，其實我明明知道，
卻假裝不知道，
甚至連自己怎麼生活都裝作不曉得。
因此，我總是既擔心又憂慮，
並且害怕得顫抖。
原來只顧自己的感受、
為了守護自己的小圈圈，

而捨棄看更遠的地方，
會讓人現在如此心痛。
將我沒做到的許多事，
以及身為人卻沒盡到的本分告訴你，
原來是這麼羞愧的一件事。
不過即便如此，
因為身為你的媽媽這樣一個理由，
我便能忘掉憂愁，好好生活。
我一直都很開心有你這個兒子，
看見現在長大成人的你，
我真的很快樂！

現在，去吧！
離開媽媽的懷抱，
走向更寬闊的世界吧！
只願我們都別忘了彼此，

也希望你別忘了信任你的我、
你信任的我一直都在。
不管任何時候，只要你回來，
我都會在原地歡迎你。

雖然嘴巴上不承認，
但對我們這群媽媽而言，
身為兒子和女兒的你們，
是我們的「人生」，
也是我們的「全世界」。
這一點，希望你們也別忘了。

天下的父母

所有父母都一樣，
直到臨死前，
永遠只記得沒能為孩子做的事。

天下的孩子

所有孩子都一樣，
不論是女兒或兒子，
一輩子只記得自己做過的好事。

【結語】

你是你、我是我，從今以後

把為兒子奉獻的無數個日子寫成文章，不知不覺就寫了一整本。雖然還有很多故事沒辦法放進來，但是寫了也只是丟自己的臉而已，還是到此為止吧。

當這本書大致做好，馬上就要送印的時候，我感到心亂如麻，「妳有良心的話，自己想想看吧！這種東西誰要讀？又不是眾所周知的名人，也不是值得仿效的人，更不是克服逆境，將自己的孩子培養成大人物的現代版申師任堂*……而且妳究竟在說什麼？跟兒子的戀愛到底是結束了還是怎樣？妳瘋了嗎？幹嘛花時間寫這種東西？」

我獨自煩惱著，然後告訴負責這本書的後輩：

「我不出書了！」

「夠了。」

「我說我不出書了。」

＊精通詩畫的藝術家，也是賢妻良母的象徵。（韓國五萬元鈔票的人像就是申師任堂。）

「安靜。」

「妳站在我的立場上想一下吧！」

「肚子好餓，我們去吃飯吧！前輩。」

後輩怎麼也不肯接受，於是我用真摯且殷切的眼神向她傾訴：

「我說要結束跟兒子的戀愛……可是我根本沒做到，怎麼能出書？」

「前輩，我們怎麼會不懂？這戀愛要怎麼結束？妳有看過跟兒女結束戀愛的父母嗎？要像離婚一樣蓋章嗎？拜託。絕對結束不了的。尤其是前輩，妳被吃定了。」

「我被吃定了？」

「嗯，妳贏不了傻鎬的。」

「我兒子很糟嗎？」

「唉！夠了！前輩真的是……討厭死了。」

後輩們動不動就說我很討厭——沒有理由，只因為我已經把兒子養大了，那讓人很討厭，看了很不順眼。也就是說，她們現在還有很長的一段路要走，看到我嘻嘻哈哈的樣子，覺得很可惡。

她們的孩子難道不會長大嗎？反正時間自然會養大他們的呀！

時間養大了我的兒子。原本我還在想，這傢伙什麼時候才能長大，好好做人呢？轉眼之間他就長成了二十多歲的青年，會喝酒、和朋友一起旅行，而且自以為是很厲害的大人。現在，他還是一樣挑食，喜歡的東西依舊獨特，一句真心話參雜一堆玩笑的說話方式也沒有改變。我常常很想揍他一拳，為了忍住不罵他而氣到頭頂冒煙的日子也不計其數。我想，他應該還要很久才會成熟吧？究竟在我死前，他會不會懂事呢？

這段期間，我老了很多。身高一點也沒有增加，就只有臉變老，真是堪稱奇觀。如果老了還可以邊長高，那該有多好？臉上皺紋變深，頭上長出白髮，得購買頭髮遮瑕膏遮掩；因為關節不舒服，一邊起身還會一邊說：「唉唷喂！」視力越來越模糊，到處都得放置放大鏡。這樣應該就算老了吧？還能再更老嗎？

某個我很喜歡的人生前輩曾經說過：「兒女一面吸收媽媽的歲月，一面長大成人。」既然如此，那他跟我應該會變得比較輕鬆啊！為什麼我現在對媽媽的角色一樣力不從心，而他離長大也還很遙遠……雖然後輩們都說我很討厭，因為俊鎬已經長大了，但是在我看來，目前還是現在進行式，而且，這真的有結束的一天嗎？

不過，在寫這本書的期間，我和兒子之間的爭執確實減少了許多。每次感到難過，我就會問自己的心，並且施展咒語。

「妳不是說要結束跟兒子的戀愛嗎？」

施展咒語以後，隨著「算了吧」「有什麼好期待？」的念頭產生，自然就會放下了。就這樣，放棄期待以後，爭執也減少了。我告訴自己，有時間和他吵架，不如把這段時間拿來做我喜歡的事情。既然決定兒子帶心愛的女人回來時，要把兒子完全交給她，那麼在那天到來之前，我也得先找到能讓我快樂的事情。

為了把傻媽的生活全部寫出來，說得有點多了，其實只要幾句話就能解決了……

我想告訴各位讀者，如果無法避免育兒的戰爭，那就享受吧！還有，做不到的事情就交給歲月！那麼一切便會迎刃而解的。

和孩子一起生活，這一路以來走得有些辛苦；老公在一旁看著我們，似乎也常常覺得不是滋味。然而，從今以後，我是我，你是你！我打算要這麼生活了。你長大了，我不該一直為了替你做什麼而受苦了，相反地，我希望我們能成為一起和和樂樂地變老，一邊閒聊過去的好朋友！

二〇一五年某個春日

金秀炅

我為什麼愛上露營？

離開家的小度假，
帳篷生活療癒了我們

圓圓夫人◎著　林文珠◎譯

滿天星星，夏夜涼風，平常不說的話圍著營火都說了；
野地裡喝一杯濃咖啡，感情充飽電，沒有遺憾。
現在的你，要懂得享受人生，就從露營開始！

喜歡小房子：
我家不是豪宅，但很舒服

F・book ◎著　黃孟婷◎譯

那巷口，那堵牆……記憶中那有溫度的房子，
真正的「家」，是讓人在放鬆身體之前，
心靈能先獲得歇息的地方，13 個舊家變新家的故事，
讓你拼出最適合自己的夢想家。

喜歡小日子：
《小家很有愛》還沒說完的故事……

申敬玉◎著　李修瑩◎譯

獻給想成為帥氣女子的妳，
當妳懂得駕馭服裝、布置家居、熱愛人生的方法，
有一天，妳會發現自己全身散發光芒，
每個「今天」都過得比昨天更有滋味。

國家圖書館出版品預行編目資料

我結束了與兒子的戀愛關係 / 金秀炅著 . ——初版
——臺北市：大田，2016.11
面；公分 . ——（美麗田；154）
ISBN 978-986-179-466-2（平裝）

862.6 105017128

美麗田 154

我結束了與兒子的戀愛關係
金秀炅◎著
黃筱筠◎譯

出版者：大田出版有限公司
台北市 10445 中山北路二段 26 巷 2 號 2 樓
E-mail：titan3@ms22.hinet.net http：//www.titan3.com.tw
編輯部專線：（02）2562-1383 傳真：（02）2581-8761
【如果您對本書或本出版公司有任何意見，歡迎來電】

總編輯：莊培園
副總編輯：蔡鳳儀 執行編輯：陳顗如
行銷企劃：楊佳純 / 古家瑄
校對：金文蕙 / 黃筱筠 / 黃薇霓
印刷：上好印刷股份有限公司（04）23150280
初版：2016 年（民 105）11 月 1 日 定價：350 元
法律顧問：陳思成
國際書碼：978-986-179-466-2 CIP：862.6/105017128

From：地址：

姓名：

廣告回信
台北郵局登記證
台北廣字
第01764號
平信

To：大田出版有限公司 （編輯部）收

地址：台北市 10445 中山區中山北路二段 26 巷 2 號 2 樓
電話：（02）25621383 傳真：（02）25818761
E-mail：titan3@ms22.hinet.net

＊請沿虛線剪下，對摺裝訂寄回，謝謝！

大田精美小禮物等著你！

只要在回函卡背面留下正確的姓名、E-mail和聯絡地址，
並寄回大田出版社，
你有機會得到大田精美的小禮物！
得獎名單每雙月10日，
將公布於大田出版「編輯病」部落格，
請密切注意！

大田編輯病部落格：http：//titan3pixnet.net/blog/

智 慧 與 美 麗 的 許 諾 之 地

＊請沿虛線剪下，對摺裝訂寄回，謝謝！

讀 者 回 函

你可能是各種年齡、各種職業、各種學校、各種收入的代表，
這些社會身分雖然不重要，但是，我們希望在下一本書中也能找到你。

名字／＿＿＿＿＿＿＿ 性別／□女 □男　出生／＿＿＿＿年＿＿＿月＿＿＿日

教育程度／

職業：□ 學生□ 教師□ 內勤職員□ 家庭主婦 □ SOHO族□ 企業主管
□ 服務業□ 製造業□ 醫藥護理□ 軍警□ 資訊業□ 銷售業務
□ 其他＿＿＿＿＿＿＿＿＿＿＿＿＿＿＿＿

E-mail/＿＿＿＿＿＿＿＿＿＿＿＿＿＿＿＿ 電話／＿＿＿＿＿＿＿＿＿＿

聯絡地址：

你如何發現這本書的？　書名：我結束了與兒子的戀愛關係

□書店閒逛時＿＿＿＿書店 □不小心在網路書店看到（哪一家網路書店？）＿＿＿＿

□朋友的男朋友(女朋友)灑狗血推薦 □大田電子報或編輯病部落格 □大田FB粉絲專頁

□部落格版主推薦＿＿＿＿＿＿＿＿＿＿＿＿＿＿＿＿

□其他各種可能 ，是編輯沒想到的＿＿＿＿＿＿＿＿＿＿＿＿

你或許常常愛上新的咖啡廣告、新的偶像明星、新的衣服、新的香水……
但是，你怎麼愛上一本新書的？

□我覺得還滿便宜的啦！ □我被內容感動 □我對本書作者的作品有蒐集癖

□我最喜歡有贈品的書 □老實講「貴出版社」的整體包裝還滿合我意的 □以上皆非

□可能還有其他說法，請告訴我們你的說法

＿＿＿＿＿＿＿＿＿＿＿＿＿＿＿＿＿＿＿＿＿＿＿＿＿＿＿＿＿＿

你一定有不同凡響的閱讀嗜好，請告訴我們：

□哲學 □心理學 □宗教 □自然生態 □流行趨勢 □醫療保健 □ 財經企管□ 史地□ 傳記
□ 文學□ 散文□ 原住民 □ 小說□ 親子叢書□ 休閒旅遊□ 其他＿＿＿＿＿＿＿＿

你對於紙本書以及電子書一起出版時，你會先選擇購買

□ 紙本書□ 電子書□ 其他＿＿＿＿＿＿＿＿＿＿＿＿＿＿＿＿

如果本書出版電子版，你會購買嗎？

□ 會□ 不會□ 其他＿＿＿＿＿＿＿＿＿＿＿＿＿＿＿＿

你認為電子書有哪些品項讓你想要購買？

□ 純文學小說□ 輕小說□ 圖文書□ 旅遊資訊□ 心理勵志□ 語言學習□ 美容保養
□ 服裝搭配□ 攝影□ 寵物□ 其他＿＿＿＿＿＿＿＿＿＿＿＿

請說出對本書的其他意見：